淺草鬼妻日記 五

妖怪夫婦與眷屬的小日子

友麻碧

輕文學
Light Literature

目錄

淺草鬼妻日記 登場人物介紹

擁有妖怪前世的角色

夜鳥（繼見）由理彥

真紀和馨的同班同學，擁有假扮人類生存至今的妖怪「鵺」的記憶。目前與叶老師一起生活。

茨木真紀

昔日是鬼公主「茨木童子」的高中女生。由於上輩子遭到人類追殺，這一世更加渴望獲得幸福。

天酒馨

高中男生，是真紀的青梅竹馬也是同班同學，仍然保有前世是茨木童子丈夫「酒吞童子」的記憶。

前世的眷屬們

《酒吞童子　四大幹部》

熊童子

虎童子

生島童子

水屑

《茨木童子　四眷屬》

深影

水連

木羅羅

凜音

其他角色

津場木茜

叶冬夜

深夜的東京灣岸邊，槍聲乍響。

擺滿成排貨櫃的工業區，早被布下了「隱遁之術」。就在剛剛，這裡展開一場夾雜著咒術的槍擊戰。

那是一場與通稱狩人的妖怪盜獵者之間的戰鬥。為了救出那些被捉來的妖怪，與陰陽局協力布下天羅地網，將那些狩人團團圍住。

我，淺草地下街妖怪工會的組長——灰島大和，闖進狩人棄守的船上解救那些從淺草被捉走的妖怪。

「小老闆！大和小老闆！」

「我就知道你會來救我們，小老闆！」

那群妖怪此起彼落地呼喊我，放下心來。從手鞠河童到扮成人類過正常生活的傢伙，都被捉來關在這兒。

「大家沒事吧？一乃呢？」

「小老闆我在這。真不好意思，我老是出這種紕漏。」

我們工會的成員，同時負責淺草地下街辦公室櫃台工作的「長頸妖名妓」一乃，從昨天就失蹤了。這次也是因為她拚死在現場留下自己是遭狩人擄走的痕跡，我們才能立刻展開救援行動。

我揹起腳受傷的一乃，帶她離開那艘用於狩獵妖怪的船。

最近狩人的行動相當囂張。

只要再晚個一時半刻，想救出一乃他們就會變得難如登天。

那些傢伙殘忍又大膽，一想到此，我就不禁因焦躁和擔憂而微微顫抖。我勉強維持平靜，把一乃交給矢加部照顧，繼續幹活兒去。

「真是得救了。青桐先生，謝謝你們願意幫忙。」

「哪裡，我們也一直因狩人大傷腦筋。不過他們居然正大光明地對淺草的妖怪出手了。」

「這是我們的疏忽，讓他們突破淺草的結界。如果我們淺草地下街可以自行解決就好了……但我的力量實在不足，真的很感謝你們。」

我朝著陰陽局晴空塔分部的青桐拓海先生，深深鞠躬致謝。

他一向積極處理狩人的問題，在這次對戰中也布署了優秀的術師幫忙。

「我們希望今後也能和淺草地下街保持良好關係，互相幫忙囉……啊，喂？茜。咦？有一個逃走了？原來如此，那個『雷』也在呀。」

青桐先生伸手按住耳上的通話器，與正在追捕狩人的津場木茜對話。

雖然棄船逃跑的狩人幾乎全數被逮，但似乎有個需要特別注意的傢伙也在裡面，卻沒能抓到他。

就算在狩人之中，也被視為特殊異類分子……代號是「雷」。

「這件事你也會跟他們說嗎？」

「他們……是指天酒和茨木嗎？青桐先生。」

「對。那兩個大妖怪要是得知此事，肯定會十分憤怒，說不定願意出借他們稀有的力量。」

「這個呀……不行。他們現在已經是普通人類，而且只是高中生，我怕狩人會發現他們的存在。」

冰冷海風呼嘯不休，我與青桐先生遠遠凝視著漆黑海面另一頭，浮現在黑夜中的都會摩天大樓。

「你真是位不可思議的人呢。明明沒有特殊能力，卻讓這麼多妖怪都服氣。跟那兩人也不是在前世有過什麼緣分，卻盡心盡力守護他們的安穩生活。不過就是因為你是這樣的人，那對前大妖怪夫婦才會願意出手相助吧……不好意思，我剛剛講的話實在很沒禮貌。」

青桐先生伸手摀住嘴巴，但我只是淡淡地回：「沒事。」

如果借助他們的力量，問題或許真能輕鬆解決。可是不知道為什麼，我內心就是有個強烈的念頭——必須守護他們安穩的生活。

「他們說過很喜歡妖怪能夠和平生活的淺草。只要他們還安安穩穩地在淺草生活的一天，我就能對自己的工作感到自豪。正因為如此，我更不想將他們捲進人類醜陋的事物裡頭。」

「……這樣呀。」

青桐先生是接受了我的回答嗎？還是怎樣呢？他對著在一片漆黑中，從他身後俐落出現的一頭黑狼出聲吩咐：「魯，差不多了。」

狼嚎聲隨即響遍這一帶，橫跨廣大範圍的隱遁之術解除了。

繃緊的神經一放鬆突然就感受到深夜的寒意，身體不由自主地顫抖，一旁的矢加部替我將大衣披上肩。

「小老闆，你可不能著涼。」

「哦，矢加部，謝謝你。日期已經換一天了，但要做的事還堆積如山呢。」

「小老闆，今天是情人節喔。」

「……真的嗎？哈，那還真是無緣。」

然後我便與夥伴一同回到淺草。

要處理的問題多如繁星，一想到就覺得頭跟胃都要發疼了，表情不禁凝重起來。

第一章 揭開序幕的情人節（上）

「小麻糬，預備囉——鬼出去，福進來。」

「噗咿喔～！」

「哇，這是在幹嘛？」

我，茨木真紀，一打開千夜漢方藥局的門，就讓外表是企鵝寶寶的「小麻糬」撒了一身豆子。

沒錯，今天是二月三日，也就是節分（註1）。

小麻糬看起來並不了解節分的涵義，只是覺得朝我們擲豆子很好玩，一個勁兒地丟個不停。

一塊兒過來的天酒馨，在我身旁一面防禦豆子攻擊，嘴上一面發牢騷。

「沒想到一放學就被豆子攻擊。」

「也是啦，我們以前的確是鬼。」

註1：節分意味著「劃分季節」，指的是各季節初始日（立春、立夏、立秋、立冬）的前一天，自江戶時代以後多指立春（每年的二月四日）的前一天。通常日本民眾會在這一天朝屋外撒豆子，一邊喊「鬼出去，福進來」，一邊吃下與年齡相同數量（或多一顆）的豆子以消災除厄。

過去我是被稱作茨木童子的鬼，而他是酒吞童子。

自己講這種話有點自吹自擂的嫌疑，但我們是妖怪界無妖不知、無妖不曉，最強的大妖怪。

不過茨木童子與酒吞童子過去是夫婦的這個事實，或許只有一小部分人清楚。無論如何，我也跟著加入了撒豆大戰。

「小麻糬～你快朝鬼爸爸丟豆子，媽媽示範給你看。」

「痛、超痛。真紀，住手！妳丟的豆子殺傷力可是有機關槍等級！」

我們抓起我的眷屬八咫烏——影兒拿來的一升豆子，朝著被前眷屬水蛇——阿水戴上鬼面具的馨丟個痛快。馨舉起書包當盾牌，暫時逃出阿水的店。

「呼，驅鬼成功。小麻糬，太棒了呢。」

「噗咿喔～」

我高舉拳頭擺出勝利姿勢後，接著換「福進來」，準備朝室內撒豆子。小麻糬也抓起一把把豆子往榻榻米上砸去。不過……

「……噗……咿喔……」

撒了滿地的那些豆子越看越好吃，他撿起豆子放進口中吃了起來。

嗯……貪吃鬼。

「鬼進來，福進來。」

「哎呀，影兒，鬼也可以進來嗎？那就不能驅邪了喔。」

影兒撒豆子的口號非常奇特，讓我感到不可思議。

但他理直氣壯地回：「當然可以！」

「茨姬大人，我今天在電視上看到，奉祀鬼的寺廟與神社會說『鬼進來』喔。對我們來說，鬼可是一定要讓他們進門不可的存在呢。」

或許是受到影兒的體貼心意感召，馨取下面具從玄關外面探頭觀察這邊的情況。

爸爸辛苦了。小麻糬正忘我地吃著豆子，根本忘了撒豆子這件事。

這時，正好阿水在客廳的暖桌上擺好各式各樣的豆子。

「好了好了，大家過來，幾歲就吃幾顆豆子。有花生、杏仁果和腰果，這些原本我是買來要當下酒菜的。啊，還有千葉屋的『拔絲地瓜』和『蜜糖地瓜片』喔～」

「哇，是千葉屋耶！我跟小麻糬都最愛這家了」

千葉屋是一間位在淺草言問街上的拔絲地瓜專賣店，喜歡地瓜的小麻糬對拔絲地瓜是愛到無以復加，一旦讓他看到可就不得了。

平常他都是可愛地撒嬌喊「噗咿喔～」，但這時會「噗咿喔噗咿喔噗咿喔！」地叫個不停，興奮得雙翅上下劇烈拍動。現在也在我大腿上發瘋。

不過千葉屋的拔絲地瓜，就是好吃到這種程度。

一般的拔絲地瓜，是在酥炸過的番薯裹上一層帶著少許鹹味的糖衣，但這家連地瓜內部都均勻滲透著糖蜜，口感濕潤又美味、甜度也適中，總讓人忍不住一口接一口吃個不停。

「嘿嘿，這是我一早就跑去買回來的喔！」

「影兒去買的嗎？你真棒耶，蜜糖地瓜片老是一轉眼就賣完，我好久沒吃了。」

蜜糖地瓜片和拔絲地瓜不同，是將切成薄片下鍋油炸的番薯裹上相同的糖蜜製成。可以算是稍厚的地瓜片吧？口感酥脆、非常美味，但因為是熱銷商品，總是一下子就賣光光。

拔絲地瓜和蜜糖地瓜片，跟阿水泡的濃綠茶好搭喔……

「啊……好幸福。」

美味地瓜令人無比愉悅，也吃掉與自己年紀相同數量的豆子了。

「說起來如果得吃掉跟自己年紀相同數量的豆子，那阿水跟影兒就要吃下一大堆耶。」

「是呢，得吃超過一千顆。不過我話說在前頭，講到活過的歲月，影兒可是遠比我年長，那就真的需要分量嚇人的豆子了……雖然他精神年齡感覺上只有小學五年級啦。」

「誰小學五年級啦！阿水你去死～～！」

「你們看就是這樣，果然是只有小學五年級的程度呀。」

影兒作勢要搥打阿水，於是阿水單手護住頭，露出一臉真拿他沒辦法、既無奈又傻眼的表情。

眼看這對兄弟眷屬就快像平常一樣吵起來，我便出聲當和事佬。

「別這樣嘛，影兒只不過一直是老么個性呀，而阿水又特別成熟穩重。一旦活得久了，實際年齡多少就不重要啦。」

阿水認為自己受誇獎，得意洋洋地說：「對啦，我可是成熟男人了。」

「何止是成熟男人，都快一腳踏進大叔的領域了。」

「我可不想被馨你這樣說。你才是咧，明明是高中生，卻一副歷盡滄桑的樣子。」

「少囉嗦。我可是熱愛少年漫畫、貨真價實的高中男兒。」

「你們知道嗎？聽說最近反倒是大叔更熱衷看少年漫畫喔。」

「……咦？真的嗎？」

小麻糬吃得嘴巴都黏滿拔絲地瓜的糖蜜，我一邊幫他把糖蜜擦乾淨，一邊聽馨和阿水沒什麼營養的對話。影兒非常體貼地替我拿來濕紙巾。

「啊、對了。欸，阿水你最近有看到凜音嗎？去年底之後，我就一直都沒再見到那孩子。」

「凜嗎～？不知道耶，那種不良弟弟誰管他呀。」

阿水的反應有些冷淡，但影兒似乎想起什麼。

「茨姬大人，我看過他一次喔。」

「咦？影兒，真的嗎？」

「嗯，有一次我幫阿水送藥去給南千住的客人時，從空中看到的。凜音在一棟高樓的屋頂上，但他在做什麼我就……」

「……這樣呀。」

「我也想過用這隻『黃金之眼』查探他到底在想些什麼，但他現在也有一隻相同的眼睛，力量相互抵消毫無收穫。真對不起……」

影兒垂頭喪氣，於是我輕摸他的頭，柔聲安慰道：「沒關係的。」

影兒因為被凜音搶走一隻眼睛，現在右眼總包著繃帶。凜音肯定是有什麼目的，才會奪走昔日夥伴影兒的黃金之眼。

他引發的這些騷動每每令人傷透腦筋，但既然他沒有遠走高飛……那就還有機會碰到面吧。畢竟他的行動，全都與我有所關聯。

「對了影兒，我一直想著要問你，你知道木羅羅的下落嗎？」

「……木羅羅嗎？」

「千年前是你拿著那株樹苗吧？」

影兒的臉龐蒙上一層陰影。

木羅羅是過去身為茨姬四眷屬之一的藤樹精靈。

同時也是酒吞童子與茨木童子開創的狹間之國的結界守護者。

不過千年前，名叫水屑的九尾狐妖放火一把燒了他，只有樹苗倖免於難。當時應該是影兒拿著那株樹苗的……

「在狹間之國滅亡後，我就一直保護著木羅羅的樹苗，不過……有段時間我遭到賴光那夥人追殺，就把木羅羅藏進一座森林，種在一個他們很難找到的地點。後來我也好幾次去找木羅羅，可是……」

「卻連自己也找不到在哪了對吧～影兒。」

「啊、你不要多嘴啦，阿水！」

遭人揭露結局，影兒雙頰漲紅，又開始用力搥打阿水。

不過原來如此，木羅羅的樹苗有被好好地種在某處。

「連大致位置也不曉得嗎？之後去找找看，憑我的結界能力或許能找到也說不定。」

「！」

「嗯，也是呢。馨現在的力量已經能鎖定地點，所以影兒你放心，不用哭成這樣啦。」

影兒抽抽噎噎地哭起來，或許是因為沒能守護木羅羅到底，心下依然十分懊惱吧。我溫柔地伸手抱住他。

就連剛剛眼裡只有拔絲地瓜的小麻糬，一發現自己最喜歡的影兒在哭，也跑過去安慰他。

「我把木羅羅種在富士山腳下的廣大森林裡，我想他一定有好好成長茁壯，但後來樹海越來越大片，就找不到了……」

「啊啊……」

「富士樹海呀，那就沒辦法了。」

我跟馨面面相覷。

富士樹海是位在富士山西北側的茂密森林，傳聞只要一踏進去就再也出不來。但我從來沒進去過，不曉得真相究竟是如何。就連在妖怪界，大家也說那地方磁場紊亂，會讓靈力受到嚴重干擾。

既然連影兒都會迷失方向，可見那是多麼龐大的樹海，應是蘊藏了特別力量的靈力源點吧。

「這樣呀……不如春假時去一趟吧。從這裡過去也不遠，我開車載大家一起去喔～」

「真的嗎？阿水。」

「當然，我也想要見木羅羅呀。他雖然搞不清楚是男是女，但是個可愛的小朋友……」

「木羅羅是樹木精靈，沒有性別啦。我雖然都叫他次男，但感覺起來也像個女性好友呢。」

雖然就連那棵藤樹苗有沒有順利茁壯，還有昔日夥伴木羅羅到底有沒有寄宿在那棵藤樹上都不曉得……但搞不好能見到面的一線希望，就令我很開心。

內心的期待逐漸漾開，身旁的馨也發現了我的心情。

「希望能找到呢，木羅羅的樹苗。」

「嗯、嗯，好想見他喔。」

因為這也是我這一世必須要確認的事情之一。

我們從阿水的藥局走回野原莊的路上買晚飯時，一個充滿紅色、愛心與巧克力的專櫃突然抓住我的目光。

對耶，情人節快到了。

「欸，馨，情人節快到了呢。」

「什麼？喔喔……」

咦？馨明顯受到驚嚇喔，視線也飄向一旁。

「我想跟往年一樣發人情巧克力給淺草的大家，你也會幫忙吧？」

「那、那個……真紀對不起，我……情人節當天要打工。」

「啊？什、什麼？」

我緊抱住頭，手裡還抓著購物袋。

「我打工的那間家庭餐廳最近大家都感冒了，人手不足，店長拜託我無論如何都要幫忙。」

「這……這……」

其實我早就計畫好要送馨一份特別的巧克力。

但現在看來，情人節那天我們連相處的時間都沒有，我的表情不免僵硬起來。馨也是一臉抱歉又尷尬的神情。

「可是……嗯……這樣呀。這就沒辦法了，畢竟人家平常也很照顧你。而你受人照顧，也就等於我有受人家照顧。」

「真對不起！我一定會補償妳的。」

啪！馨雙手合掌，低下頭道歉。

馨也隱約察覺到今年的情人節與以往不同吧。

「不用啦，沒關係。發巧克力給淺草的大家，這種事我一個人也能做。你的就等打工完回來再拿給你，好好期待呀。」

我雖然語氣開朗地這麼回應，但心底的遺憾仍舊無法消散。

可是我不想看到馨抱歉的神情，只好擠出笑臉。

畢竟我們原本就是夫妻，就算不趁情人節這種甜滋滋的節日傳達愛意，平常也都能感受到對方滿滿的愛。

情人節之前，高中女生的對話就是三句不離做點心。

今天體育課上排球，等待換場的空檔，班上朋友——七瀨隨口提起這個話題。

「所以呀真紀，我今年打算做巧克力塔喔，要發給社團和班上的大家。」

「……啊。」

「怎麼了真紀？我也會做妳的份啦。」

「我會感激不盡地收下，畢竟妳家裡開蛋糕店，親手做的甜點水準跟我們有天壤之別，但我不是這個意思。」

我明顯嘆了口氣，讓七瀨困惑地側頭。

大略說明情況之後，七瀨驚訝地眼睛眨個不停。

「哦，情人節那天天酒要打工？話說回來，你們兩個什麼時候開始交往的？」

「咦？」

我驚訝地睜大雙眼。我只是理所當然想跟馨一起過情人節，我的話卻讓七瀨聽得一頭霧水。

啊，糟了。至今我只有告訴她，我跟馨是青梅竹馬的關係。

「沒有啦，那個，畢竟我每年都會給他巧克力呀。」

「嗯……可是我不記得妳以前會對情人節特別執著耶……」

「那、那是……」

確實，我今年對情人節幹勁十足，跟以往真的略微不同。

這一點我自己也有意識到。

以前感覺起來比較像在給家人巧克力，就是很自然地順著節慶氣氛，也送馨一份巧克力……

「我聞到八卦的味道了！快跟我詳細說明～！」

「嗯，小滿。」

新聞社的小滿突然出現了！

新聞社特有的順風耳，她一聽到蛛絲馬跡立刻趕來。

小滿說這次她要做一個特輯，介紹今年情人節有哪些有趣對話，還有收送巧克力的小故事，以及是否有新情侶誕生。此外還會統計那幾個受歡迎的男生們收到的巧克力數量，並列出排名之類的。

小滿老是愛寫這種通俗愛情題材的報導耶……

「反正今年肯定也是天酒壓倒性領先吧～啊，不過前陣子轉學過來的夜鳥應該也是匹黑馬。既神祕、長相又那麼俊美。啊啊，不過不過——今年真正的白馬王子果然還是叶老師！成熟穩重，感覺會溫柔地收下巧克力～也能期待白色情人節的回禮。」

「……嗯。」

「真紀妳怎麼一臉不屑？」

無論是小滿的發言或是七瀨的吐嘈，我都只是敷衍地回「嗯、嗯」。

兩人見我神態奇怪，臉上露出不懷好意的笑容。

「不過呀～茨木，妳差不多也該清楚表態比較好喔～」

「表態什麼呀？小滿。」

「和天酒之間的關係呀～因為你們一直堅稱兩人只是青梅竹馬，所以有些女生會誤以為自己也有機會。可是有很多人打算趁情人節跟天酒告白，他會被搶走喔～」

「……啊？」

「哎呀，真紀還在不爽。」

雖然小滿和七瀨接連刺激我，但要是有女生敢搶走他，我當場就會搶回來。憑我的暴力。

不過我跟馨之間的關係……嗎？

在知曉上輩子情況的妖怪們之間，我們以前是夫妻的關係早已是眾所皆知。但班上同學什麼都不曉得，我們兩人的關係至今依然成謎。
雖然她們說要清楚表態比較好，但該怎麼做才好呢？
簡單來說，就是要跟大家公告我們在交往，發表戀人宣言嗎？
馨會想要這樣嗎？
我們的關係早就幾乎等同於夫妻，他會想要為了配合這群高中生，宣告我們「在交往」嗎？

放學後我一如往常待在社辦。
還有表面上算是民俗學研究社新社員的由里也在。
馨今天的打工時間比較早已經先走了。他最近果然很忙。
「欸，由理，大家都說我們差不多該釐清關係了。」
「的確是……有道理呢，而且這樣也能讓你們更有自覺。」
由理正在替種在社辦裡的觀葉植物澆水，回頭苦笑了一下。
由理。夜鳥由理彥。
他是稱為鵺的妖怪。一直到不久之前，都還假扮成名為繼見由理彥的人類。
原本他是個擔任班長、完美得像是從故事中走出來的優等生，但自從改變名字、變回妖怪，重新轉學回這個學校之後，就是以普通學生的身分過日子。

雖然外表幾乎沒有什麼改變，但氣質似乎略為不同了。

從前富有人情味的溫雅特質淡去，而那該說是奇異的魅力還是威嚴呢？他源自妖怪的神祕感大幅提升。

是說，或許正因為由理下定決心以妖怪的身分活下去，所以他原本的氣質就毫無保留地散發出來。這麼說起來，倒是與千年前的藤原公任很相似。

班上女生都稱由理的這種氣質為神祕的魅惑力，經常聚在一塊兒興奮討論著。

「欸，由理，你現在在叶老師那邊，一切還順利嗎？」

「……」

由理的雙眼頓時失去光彩。

「由理，怎麼了？難、難道……那傢伙的式神虐待你嗎？」

我慌張地站起身。

早知道會這樣，當時果然還是應該把由理納為我的眷屬。

「沒有，並不是那樣。只是式神這種生物，為什麼自尊心這麼高呀。特別是叶老師的四神，每天都一直唸我說『晴明的式神應該注意這個、注意那個』囉嗦得要命。他們因為是從以前就侍奉叶老師——應該說安倍晴明——至今的式神，每個都超愛他的。」

「原、原來如此，心態上的熱烈程度有差異呀。」

「嗯。」

安倍晴明這個男人，確實從以前就深受式神所愛，總是被嚴密守護著。

他們之間的羈絆，完全不輸給我與眷屬間的情感。

「不管怎麼說，他們從前世就不怎麼喜歡我，畢竟當時我可是指使安倍晴明做事的上司立場，雖然這下我變成遭到使喚的式神立場……四神想必對現在這個情況感到很愉快吧。」

唉。由理嘆了口氣，一臉麻煩得要命的表情。

他會顯露出這種表情，也是代表著他變得能夠展現出真實的自己了吧。

「啊……」

這時由理突然抬起頭，轉向中庭凝神細看。

「由理，怎麼了？」

「哎呀……說曹操曹操就到，叶老師好像下令要式神出任務的樣子。」

「任務？」

那是怎麼一回事？我不禁也看往中庭方向。

尚未開花的枝垂櫻底下，有一隻眼神凶惡的灰色烏龜。哎呀……我內心暗叫一聲。

那是安倍晴明的式神——玄武。就連我也曉得。最囉嗦的傢伙。

「那真紀，我先走了。」

「咦？你已經要走了嗎？不要啦～馨也不在，我好無聊！」

我吵鬧抗議，伸手拉住正要離去的由理外套下襬，他雖然露出傷腦筋的笑臉，仍毫不留情地將我的手甩開。太無情了。

「真紀，妳也要去買做巧克力的材料吧？趁天還亮著時趕快去比較好喔。淺草……現在已經算不上安全了。」

下一刻他就拉開面向中庭的窗戶，豪放不羈地跳出去。

他原本是位那麼優雅的少爺，現在卻變得，該怎麼說呢，充滿野性。

「啊、對了，真紀。今天早上呀，叶老師叫我跟妳說一聲他觀察星象占卜的結果……妳最近會遇見一個有緣人。」

「咦？我嗎？」

他幹嘛擅自占卜別人家的事呀，那個沒幹勁的陰陽師。

不過我也很清楚，他的星象占卜一向準確，內心不禁有點在意。

由理瞥了我一眼，就揮手說「拜拜」，去找那隻灰色烏龜了。

說到那隻灰色烏龜，居然正狠狠瞪著我，還呸地吐了一口口水，接著就在冉冉升起的白霧中，跟由理一起消失了。

下次讓我遇見，一定要把他抓起來煮成鱉火鍋。

話說回來……

「遇見有緣人嗎？」

會是上輩子認識的人嗎？

還是跟前世毫無關聯的嶄新緣分呢？

我完全沒有頭緒，但現在想這個也沒有用。

畢竟相遇這種東西，就算沒人告知也會突然降臨，根本沒辦法預先做什麼準備。

如同由理叮嚀的，我打算趁還沒天黑趕緊回去，便動手收東西、走出社辦。

「嗯？」

結果外頭有一個穿著網球服的男生等在那裡。

網球社的人來美術器材室做什麼？

我心下感到奇怪，而對方一看見我，表情就略顯緊張。

「那個，茨木。」

「？」

「我是三班的岡部裕也。」

總之我先點頭應付，但是……我、我不認識他呀。這個人是誰啊？

到底找我有什麼事？

「我一直都很喜歡妳，請跟我交往！」

他深深低下頭鞠躬的姿勢，實在有夠標準。

我腦中雖然還冷靜想著這種事，整個人卻愣在原地。

從剛剛就只是一直表情認真地望著他標準的九十度鞠躬。

「那個……那句話，是在對我說嗎？」

「當、當然！茨木，我一直很欣賞妳……不過以前妳好像對天酒以外的人都沒興趣，有點難親近。」

岡部猛然抬起頭，但仍然沒辦法直視我的臉，伸手搔搔頭。

「最近妳變了吧。自從學園祭那陣子，就常看到妳跟其他女生在一起，那個……該說是變開朗了嗎。之前妳不是還幫我撿過網球嗎？」

有、有嗎？我完全沒印象。

不過我最近的確經常和由理跟馨以外的同學講話。

正如岡部所說，那次學園祭是個美好的經驗，改變了我對人類的觀感。

「你居然會注意到是從學園祭開始的。」

「嗯，因為學園祭時，妳超級可愛的……啊。」

岡部說到一半，又摀住漲紅的雙臉喊著：「太丟臉了。」

這種羞澀的感覺是怎麼回事？

這個人擁有……我和馨已經失去的某種感受。

「那個，謝謝你喜歡我，但我身邊已經有馨……你知道吧？我總是跟天酒馨在一塊兒。」

「但我聽說妳跟天酒並沒有在交往。」

「那、那是沒錯，不過……那個……」

我冷汗直流地玩弄手指，不曉得該怎麼說明才好，正不知所措時，岡部表情略為不悅地說：

「天酒真的是很厲害。聰明、運動神經好、長得又高、還很帥。我曾在體育課時跟他同一組，沒想到他人很親切可靠。不過茨木，他一直獨占妳，嘴巴上卻又老說你們沒在交往，這一點我實在不敢苟同。」

「……」

那是因為我們從前就是夫妻。可是我不能這樣回答。

岡部見到我不知如何回應的為難模樣，飛快地朝我遞來像是從筆記本撕下來的一張紙片。

「這是我的聯絡方式。一開始慢慢來也好，就算只是丟幾句訊息也好……我是認真的。」

最後那句話好像讓岡部自己很難為情，他雙頰通紅使盡全力在走廊上跑遠。

他擁有運動少年特有的爽朗個性，是個充滿朝氣又兼具正義感的普通男生。

我愣愣站在原地一會兒，低頭看向手裡那張寫有岡部聯絡方式的紙片。

「我……剛剛，被告白了嗎？」

真實感逐漸湧上來，我震驚到在原地來回走動。

其實我跟馨不同，幾乎沒有被別人告白的經驗。

自從上高中以來這是第一次，而且還是被同年級的男生。

對於這項事實，我差點就要像個普通高中女生一樣心花怒放，可是我該怎麼跟馨說才好呢？

「啊？岡部跟妳告白？」
馨打工回來吃晚飯時，我隨口提起今天的事。
他正夾起炸雞排的手就這樣停在半空中，發愣了一會兒。
「什麼呀？你那種莫名震驚的表情。我當然也會有受歡迎的時期呀。雖然你是一年到頭都很受歡迎啦。」
「不是啦……三班的岡部，是網球社那個？」
「你知道？感覺是個爽朗的運動少年，態度不會很輕浮，告白時也羞澀得要命喔。呵呵，我有點心花怒放。」
我嗤嗤笑了起來，而馨一臉複雜，太明顯了。
哎呀……這是……
「難道你吃醋了？」
「不可能。」
馨立刻否認，表情故作鎮定地塞了滿嘴炸雞排，大口扒白飯。
「他還給我聯絡方式耶，該怎麼辦才好呀？」
「啊？聯絡方式？唔、咳咳。」
馨是白飯卡在喉嚨嗎？他咳個不停，看起來內心受到不小衝擊。
我遞給他一杯水，叫他冷靜一點，還咚咚輕拍馨的後背。

確實啦，現在就算有女生跟馨告白，我也只會覺得「又來啦」。但立場一反過來，馨的感受大有不同。

可見至今真的沒人向我正式告白過，那大概是馨總在旁邊監視的緣故吧。

「說起來是有點開心，但我也不會真的跟他聯絡，也沒那個必要。我已經有你在啦。」

「……有人跟妳告白，開心嗎？」

「什麼，你在意的是這一點嗎？那個呀，畢竟很難得嘛，就像是青春的一種體驗，會讓我想起自己還是位年方十七的少女。畢竟要像普通高中生情侶那樣交往，我們也做不到呀。」

「……」

馨依然緊皺眉頭，雖然看起來並沒有不高興，但這表情顯示他正在試圖釐清內心紊亂的思緒。

隔天我一如往常地跟馨一起上學，走進教室在自己的座位坐下。

小滿迅速出現，手指捲著綁成細細兩束的黑髮，露出不懷好意的表情。

「欸～茨木，昨天三班的岡部跟妳告白對吧～？」

「好快！妳到底是從哪兒聽到這個消息的？」

不愧是新聞社的王牌。

小滿是絕對不會錯過學校裡的任何戀愛八卦。

此外，因為這段對話而豎起耳朵的還有坐在前面座位的馨。他雖然仍舊背對著我們，但我大概能了解他的心情。

「岡部是網球社的，大家都叫他阿岡，成績不太理想，但他可是網球實力堅強的我們學校網球社的正式球員，還是三年級退休後就即將接任主將的可靠男子喔～個性純真直率，被公認為好人一個的優秀青年。長相也還過得去，好像滿受歡迎的。不錯呀，考慮看看嘛。」

小滿用手肘頂頂我。

岡部跟我告白的這個消息，讓班上女生興奮不已，全都圍到我身旁，嘰嘰喳喳地吵著要聽細節，還妳一言、我一語地說阿岡很體貼喔～是個暖男喔～

哦，這男生風評相當不錯嘛。

不過坐在前面的馨被迫聽見這些話，神經更加繃緊。

雖然沒有任何人發現他的不對勁，但我能感受到他的靈力都開始繃緊了。

「那個……男人就是要穩重，還要有超強的忍耐力，不然是沒辦法應付我的本性。」

「妳這什麼意思呀～聽起來很像已經有對象囉。」

小滿一臉興味盎然地確認我跟前方座位上的馨的反應。

「不過～我們就快要升上三年級了，接著畢業就近在眼前，能穿制服來學校上課的日子，轉眼就會結束。茨木呀，妳不如就交個男朋友也很好呀～？這樣下去會讓青春留白，沒關係嗎～？」

「……唔。」

小滿想說的意思，我也並非不懂。

要享受青春，就只有現在了。一到四月，我們就會升上高三。

我一直認為普通高中生的戀愛，跟我是八竿子打不著，但或許正因為處於現在這個時間點，才會覺得它耀眼燦爛、非常特別吧。

不過……如果對象不是馨，我就不要。

即使他是上輩子的老公。

我光是看著他的背影，就曉得他正悶悶不樂。但他絕對不會回過頭來，就只是繼續坐在前方座位上，低頭將視線牢牢盯住排滿打工行程的記事本上。

第二章 揭開序幕的情人節(下)

情人節前一天。

氣溫驟降的這天晚上,我正努力製作要發給淺草大家的巧克力點心。

我在做的是什麼呢?今年的是「洋芋片跟仙貝的巧克力脆片」。

先將市面上販售的鹽味口味仙貝還有掰成小塊的洋芋片敲碎,倒進隔水加熱過的巧克力糊攪拌均勻,接著分成一口大小排好,送進冰箱冷卻。

「你可能會想這是什麼邪魔歪道,但仙貝和洋芋片的鹹味跟巧克力是絕配喔。而且最近在洋芋片外頭裹上一層巧克力的點心也銷售長紅呢,一點點鹽會更加襯托出甜味。」

「噗咿喔~?」

我對著腳邊一臉悠哉的小麻糬說明,但他似乎還是喜歡喀哩喀哩地啃食整片仙貝。很符合這個年紀呢。

我勤奮地繼續替另一種巧克力點心調整形狀,再送進烤箱烤一段時間。這是根據家裡開蛋糕店的七瀨教我的食譜,做出來的核桃巧克力布朗尼。

等巧克力碎片凝固之後,我在一個個透明塑膠袋中分別裝入一塊仙貝巧克力和一塊洋芋片巧克力，再繫上蝴蝶結。

這是人情巧克力，明天要拿去淺草各地發給平常很照顧我的大家。

至於前眷屬阿水和現任眷屬影兒，因為常麻煩他們照顧小麻糬，我特別拿大袋子多裝了些巧克力碎片，還放進小麻糬用巧克力筆彩繪過的圓型巧克力。再來就只剩下……馨的真愛巧克力布朗尼而已……

「馨雖然看起來酷酷的，其實很喜歡巧克力呢。我是第一次做巧克力布朗尼這種時髦點心，不曉得能不能順利烤好。」

舉例來說，如果叫馨在幾塊蛋糕中選一個喜歡的，他通常會選巧克力類的蛋糕，所以應該也會喜歡巧克力布朗尼吧？

咦？我怎麼這麼忐忑不安啊……

明明以前總是很有自信，馨的大小事我全都曉得，但現在居然無法確定他是否會喜歡我親手烤的巧克力布朗尼。

平日飯菜我都是隨意煮，但這種非常女孩子氣的點心，除了情人節我幾乎沒有做過，有點擔心。

「啊！烤好了！」

在各種思緒飛馳之下，烤布朗尼的誘人香氣陣陣飄來。

我跳出暖桌飛奔過去，馬上從烤箱中取出蛋糕。外表看起來烤得很不錯。

為了讓蛋糕體濕潤鬆軟，用餘熱再烤一會兒後，我才將布朗尼蛋糕從四方型烤盤脫模。

「……小麻糬，我們來嚐一口試試味道吧。」

「噗咿喔～」

小麻糬對這個巧克力布朗尼極有興趣，從剛剛就一直用鼻子東嗅嗅西聞聞的。

我切下邊邊一小塊，和小麻糬一起試味道。

「嗯，過關過關……」

我喃喃嘟噥著。馨的布朗尼就明天一早再切塊放進特別的盒子裡吧。預計是巧克力布朗尼和巧克力碎片的組合。

這麼說起來，去年我送他什麼呀？好像跟人情巧克力一樣，就是巧克力餅乾和市售杏仁巧克力的組合包。

相較之下今年算是相當用心耶。

「畢竟馨聽到有同年級男生跟我告白，好像有點介意呢。」

話說回來他最近忙著打工，沒什麼空理我，所以偶爾讓他吃一點醋感覺也是滿愉快的。

「不過身為妻子，還是想盡早讓他安心呢。」

隔天學校裡，女生們開心地交換友情巧克力，男生們一如平常上課吃飯，卻又顯得有些坐立難安。兩個族群若有似無地在意著彼此，教室裡的氣氛透著一股緊張感。

「……真受不了。」

馨在前面座位嘆了口氣。

那是肯定的，他的桌上堆滿大量巧克力，抽屜裡也塞得滿滿都是。

每年都這樣，我是不訝異，只是……

「今年看起來是由理贏了耶，他桌上都堆成一座晴空塔了。」

由理人還沒到學校，桌面上就已經是驚人景象。

一方面也是因為他才剛轉學過來，現在正備受注目。

那座巧克力塔搖搖欲墜的，讓人看了有點緊張。新聞社的小滿正站在一旁，從下面開始數起，我擔心該不會待會兒巧克力塔倒下來就把她活埋了吧。

「沒什麼不好吧，反正他喜歡吃甜食。哼。」

「咦？我說馨呀，你是不是有點在鬧彆扭？畢竟以前就算考試成績輸給由理，巧克力的數量一直都是你比較多。」

我咯咯大笑時，剛剛才講到的由理就走進教室，一臉驚愕地盯著自己桌上那堆巧克力，然後轉向這個方向露出苦笑。我們也報以看好戲的微笑，舉起大拇指。

就像在鼓勵他，加油把那些全都帶回家喔。

「男生好好喔，我也想要很多巧克力，明明我全部都吃得完。」

「這樣好嗎？會得糖尿病喔。」

不過，現在是女生之間也會交換巧克力的時代，用心程度雖然比不上真愛巧克力，但大家會彼此贈送手作小點心。

以前我都是單方面收下班上少數女生給我的點心，但今年我決定自己也要送巧克力給七瀨、小滿和丸山這些要好的女生朋友。

「咦？真紀要送我的嗎？那個萬年伸手牌真紀嗎？」

「我偶爾也會想送巧克力給女生朋友呀……啊，還有七瀨，謝謝妳教我布朗尼的做法。多虧妳，我才能輕鬆做出美味蛋糕。」

「喔那就好。接下來只剩交給天酒了，加油加油。」

七瀨露出爽朗笑臉，不知為何還摸摸我的頭，是在鼓勵我嗎？

她雖然沒有說破，但或許心下明白我與馨的關係跟從前略有不同了。

這讓我感到很不好意思，卻又高興交到好朋友了。

在這種地方我似乎有什麼正漸漸改變著，能感到自己以人類身分慢慢進步。

下課後，我完成值日生的打掃工作、回到教室時，馨早已不見人影。

班上已經幾乎沒有人在。平時人會再多一些，但今天是情人節，大家都各自赴戰場去了嗎？

「啊，難道馨正遭到那些女生追殺嗎？」

我內心暗叫不妙，從教室窗戶往外頭望去。要活下來呀馨……

「那個，茨木。」

就在這時，有個人走進教室裡。是岡部。

他一身運動服打扮，看來是正要去社團練習。

他的表情十分認真，同時也顯露出不安。

我雖然完全不認識岡部這個人，但一看見他那張臉，就不由自主地尷尬起來。

因為就算他之前跟我告白，還給了聯絡方式，我也一次都沒有聯絡過他。

「那個，可以告訴我妳的回答嗎？」

「岡部對不起，我沒辦法跟你交往。」

我的答案早已注定，因此我毫無猶豫地淡淡回答。

「……為什麼？」

「因為馨。雖然我們並沒有在交往，但我喜歡他，從很久、很久……很久以前就開始了。」

「……」

岡部看來想要說些什麼，但最後只是用力握緊拳頭，眼神避開我的目光。

我從自己手上的紙袋，拿出一份昨天晚上做的人情巧克力，連同之前收下的那張寫著聯絡方式的紙條，一起遞給岡部。

「我呀，至今從來沒有被人像你這樣當面告白過，所以覺得有點高興。可是能讓我喜歡他超過馨的人，應該一輩子都不會出現，所以對不起，但是，謝謝你。」

「……嗯，我懂了。」

岡部顯得垂頭喪氣，但從那張神情看來，他似乎早就預料到結果。

「這個，謝謝妳。」

然後他勉強擠出笑容，接過我手上的人情巧克力，還有那張寫著自己聯絡方式的紙片。他真的如同大家描述的一樣，是個好人呢。

他大概是還得趕去社團吧。岡部快步走出教室，但在門口附近突然受到驚嚇、全身一震。發生了什麼事？

「啊，馨。」

馨像是接棒似地快步走進教室。

他剛剛好像一直躲在教室門口。

他似乎是聽見方才我跟岡部的對話了，繃著一張臉。不過那副精疲力竭的模樣，看得出來肯定也遇上了一場苦戰。

「你剛剛在偷聽嗎？」

「算是偷聽嗎……我逃開女生們的窮追不捨回到教室，就剛好撞見你們在講話，所以才不出聲。換成是妳也會這樣做吧。」

「也是呢……馨你平常拒絕那些來告白的女生有多辛苦，我現在終於能理解了。還有你為了極力避免被告白，甚至不惜拿我當擋箭牌與那些女生保持距離。完全無法回應對方的心意，真的是讓人很難受耶。」

我只有經歷過初戀。而初戀開花結果，現在也依然喜歡著同一個人。

喜歡的對象心裡沒有自己，肯定非常傷心吧。

鼓起全身勇氣告白卻如此輕易就遭到一口回絕，真的是……

「……話說回來，馨你不用打工嗎？」

「我正要去……妳也要回淺草發人情巧克力吧？」

「對呀，怎麼了嗎？」

馨一邊整理東西和那堆收到的巧克力，一邊說：

「等妳忙完後，過來我打工的店裡，我請妳吃晚餐。」

「咦？」

怎麼可能？明明馨總是叮嚀我盡量別去他打工的地方。

「情人節不能一起過，我也是覺得有點可惜呀。」

「呵呵。你也會這樣想呀。」

「那是……唉，果然。」

「……嗯？」

馨伸手搗著額頭，有些不好意思，但語氣又有些彆扭地說道：

「我以前從來沒有這種想法，但一看到妳跟別的男生講話，心裡就很煩躁。剛才岡部要離開教室時，我還瞪了他一眼。」

「什麼呀，我做夢都沒想過可以從你的嘴巴聽到這種話。難怪剛才岡部一副嚇得半死的樣子。」

一個普通的人類男生，遭到前酒吞童子大人狠狠一瞪，哪裡吃得消呀。

我忍不住笑了起來，雖然馨出聲叫我「不准笑」。

但這怎麼可能忍得住嘛。

「欸，真紀。」

「嗯？」

「我們要不要交往？」

「……啊？」

這實在太過突然了。

雖然馨說得很自然，但那句話讓我驚訝地側頭睜大雙眼。

「嗯，果然是這種反應。有點莫名其妙對吧，事到如今還問這個。」

馨的神情有些僵硬。雖然我也考慮過這件事，但完全沒料到馨居然會主動提出來。我一時反應不過來，仍是歪著頭愣在原地。

「難道……馨你一直在煩惱這件事情嗎？」

「對啦，畢竟是重要的事呀。不過妳的感受可能也很複雜，不用急著現在決定……」

馨的神情極為認真。

明明我們過去常以夫妻相稱，馨卻一個人悶著頭煩惱是否該正式交往，真是太惹人疼愛了。

我不會有比馨更喜歡的人。那句話沒半點虛假。

「馨～馨～～」

「啊！不行，在學校不要黏在我身上！等下又會被新聞社拍照喔！」

要交往當然好呀——在我這麼回答之前，就有同學走進教室，我們倏地分開，外表平靜地收拾東西準備離開。

「那我先趕去打工了。」

「嗯，晚點我再去你打工的店裡看看。」

相當自然地，我們先分頭各自去忙自己的事。

「交往嗎～」

我心不在焉地先去社辦一趟。

由理早已逃進裡頭，正絞盡腦汁煩惱該如何把堆得像座小山的巧克力帶回去。

「由理你也是一身狼狽耶。看起來女子大軍硬塞了很多巧克力給你。」

「這不好笑啦真紀。我正在煩惱該怎麼把這些全帶回家，剛剛想試著像馨那樣做個攜帶式的小型狹間但不太順利。」

「你也有不擅長的事情呀。」

「當然，我都這麼久沒做了，何況我之前一直極力避免做些像妖怪的行為。」

「……也是呢。」

在這個方面，由理過去真的是做到滴水不漏的程度。

「不過你不是愛吃甜食嗎？」

「就算我再愛吃甜食，也吃不了這麼多呀。以前還有若葉跟媽媽幫我一起吃……」

說到一半，由理驀地愣住，伸手摀住嘴像在提醒自己什麼似地搖搖頭。

因為除夕夜的那場意外，由理離開了自己家人身邊。就因為自己是個妖怪。

自從那一晚起他從來不曾再提起繼見家的人，但現在想起去年的回憶，理所當然地脫口而出。

「……由理。」

「嗯，抱歉，真紀妳待會兒要回淺草吧？」

「咦？……嗯。不過我要先去『另一邊』撒飼料給那群手鞠河童，你也要來嗎？」

「我可能有點困難，今天叶老師也有交代工作。」

「……這樣呀。他最近似乎一直叫你做事，該不會是危險的任務吧？」

「真紀，這個現在還不能告訴妳，不過沒多久妳一定會曉得的喔。」

由理只是給了我一個意味深長的模糊回答。

不過當由理像這樣含糊其辭時，就代表現在需要如此處理。我信任他，因此刻意不再追問細節，但還是忍不住有點擔心。

「當叶老師的式神應該滿辛苦的，萬一遇到什麼狀況，你一定要告訴我跟馨喔。由理，不管你是誰的式神，對我跟馨而言你就是你。」

我將為由理準備的巧克力遞給他。

「雖然我送你巧克力可能會讓你更傷腦筋就是了。」

「沒這回事，真紀給我的是特別的『人情巧克力』喔。」

「不需要這麼強調人情巧克力吧。對象是你的話，也是有蘊藏真心的喔。」

由理微微一笑，回應「每年都謝謝妳耶」，伸手接過巧克力。

「那真紀我先走囉，明天見。」

他又大膽地從窗戶躍下中庭，小跑步離去。

「不曉得由理都在忙些什麼？實在讓人很在意……這個問題或許直接問由理的主人更快。」

於是我從社辦裡的掃除用具箱，前往裏明城學園。

裏明城學園是馨所創造出來的狹間結界，外觀如實地反映了學校的樣貌，卻是和學校不同的另一個空間。

在那兒手鞠球大小的可愛河童們經營著一座不可思議的遊樂園，名叫河童樂園。今天因為情人節有舉行大型特別活動，到處都是滿滿的粉紅、鮮紅還有綠色愛心。

對妖怪來說這裡似乎成為一個能盡情放鬆的場所，今天特別有許多妖怪情侶來遊玩。

「啊、是茨木童子大人～」

「茨木大姊來惹～」

任職於河童樂園的那些手鞠河童紛紛拋下手頭工作，如潮水般聚集到我腳邊。

「你們這些傢伙等一下，現在還是工作時間吧？」

「我感覺到妳要給我們巧克力呀～」

「不過比起巧克力，小黃瓜或現金更好喔～」

「太貪心了吧。你們現在生意不是很好？跟往年一樣是麥片巧克力囉。」

「什麼～真小氣～」

手鞠河童噓聲四起之中，我打開批發用的大包裝麥片巧克力，像前陣子的節分一樣，抓起一把朝四面八方撒去。

轉眼間那些剛剛還滿嘴抱怨的河童，現在都一心一意地在撿巧克力。麥片巧克力爭奪戰的盛況就像撒餌餵食池中鯉魚時那般激烈，實在值得一看。

「接下來呢，欸、河童，叶老師有在舊理化實驗室嗎？」

「「應該有吧。」」

「好喔，我知道了。」

我轉身離開那些拚老命搶麥片巧克力的手鞠河童，朝存在於這個狹間的舊理化實驗室走去。

「呼……呼……」

「果然在這裡睡覺。他該不會根本住在這吧？」

叶冬夜老師。明明身為教師，卻將狹間裡的舊理化實驗室當作個人休息室使用。

叶老師的前世，就是那位大名鼎鼎的陰陽師——安倍晴明。

也就是茨木童子與酒吞童子千年前的宿敵，但現在不知為何突然宣告要「讓我們獲得幸福」，還擔任這間學校的老師兼社團顧問。

他是在監視我們嗎？還是有什麼企圖呢？

現在我搞不清楚他究竟是敵是友了，但可以確定的是，我仍然不太曉得該怎麼應付他，或說內心依舊對他有不少憎恨。

只要跟他處在同一個空間，就不由得有些緊張……

話說回來他差遣由理忙著工作，自己卻是這副德性。

上課時雖然一副認真負責好老師的模樣，放學後十之八九都在睡懶覺。

「不過由理現在歸他管，而且先不論情人節，就當送個謝禮也好……是說吵醒人家也不好，放著就走吧。」

我猜想叶老師肯定已經從女學生手中收到數不清的巧克力了，所以就買了一瓶罐裝咖啡。總之，先放在桌上吧。

如我所料，在房間一角他收到的巧克力都堆成一座小山了。
「……嗯？」
咦？剛剛那座巧克力山好像窸窸窣窣地動了一下。
該不會是手鞠河童來偷叶老師的巧克力吧？
「哇！」
從那座巧克力山飛躍出來的是，一隻金色炫目的美麗狐狸。
那隻我曾經見過幾次的妖狐。
「什麼呀，這不是茨姬嗎？」
妖狐不停地舔著前腳，發出了惹人憐愛又優美的少女聲音。
她如同尋常妖怪般，砰的一聲冒出一陣白煙，化作人類姿態。
「……怎麼可能？」
佇立在我眼前的，是一位擁有秀麗金色長髮、金色耳朵，還有金色尾巴的美少女。
耳朵下方別著黑紫蝶的大朵髮飾，身穿同樣顏色的和服。
她身上好像有某種特質，令我不由自主地聯想到「水屑」……但她們毛色不同，而且她的容貌偏像少女得多，還散發出一股更為神祕的氣息。
外表看起來跟現在的我差不多年紀。
「葛之葉是『葛葉』。」

「……那是妳的名字？」

「對。葛葉是天津狐，也稱作天狐。晴明的第一位也是最後一位式神。茨姬，我以這副姿態與妳碰面，這輩子是第一次吧？」

「……什麼這輩子，我根本不認識妳呀。」

「呵呵，對啦對啦，妳不曉得葛葉的事也是當然。畢竟『晴明』與『茨姬』相遇時，葛葉早就遭到封印了。」

「……」

「不過葛葉從老早以前就知道『妳』了喔。真的很久……很久以前。」

名叫葛葉的金色妖狐……這傢伙到底在說些什麼呀？

她以長長袖子掩住嘴，響起銀鈴般的笑聲，神態顯得天真無邪，但眼神偶爾會銳利地盯著我。黑紫色的雙瞳有如砂金石般閃爍晶燦。

彷彿光是望著就會遭到擄獲般，獸的視線。

而且還透出一股強烈氣勢，像在訴說些什麼。

就好像，有什麼必須回想起的遙遠記憶……

「嗯……」

「啊，晴明！」

葛葉的耳朵驀地豎起。她一察覺主人的慵懶聲音，就立刻砰地變回金狐姿態，跳到坐起身的叶老師大腿上。
剛睡醒的叶老師一邊撫摸葛葉的毛，一邊恍神地抬頭看我。
「茨木，妳來囉。怎樣？眼神那麼冷淡。」
「沒事。雖然這裡是狹間，但看到一個老師在學校裡頭公然打盹，還跟式神打情罵俏，不由得眼神就冷淡起來。」
我也沒閒到可以顧及這種事，回去吧。
心下打定主意，轉身背對他們的時候……
「喂，茨木，最近星象要變動囉。」
叶老師以一種彷彿是大事，又恍若無關緊要的語調告訴我。
星象變動——安倍晴明擅長觀察星象，這是當他以這項占卜術發現某種預兆時，必然會說出的一句話。
「……那是代表，我們最後的謊言也要被揭開了嗎？剩下的那個馨的謊言。」
「不……那個應該還要花上一段時間吧。酒吞童子的謊言跟妳和鵺的，是不同層級的謊言。更何況，就連他本人都完全沒有意識到。」
「……」
那一點我也一直有點在意。
叶老師應該曉得吧？但他肯定不會告訴我吧？

他應該會說馨的那個謊言，會像我或由理那時一樣，順著我們自己的選擇和行動自然揭露。

「那麼，到底是什麼樣的星象要變動了呢？會發生什麼重大的事情嗎？」

「會有命中注定的相逢。」

「命中注定的相逢……嗎？由理也說過這種話。」

但說到最近新遇見的人，大概就只有那個跟我告白的同年級男生而已。

「啊？難道那個就是命中注定的相逢嗎？不不，絕對不可能，我早就決定只愛馨一個……」

「妳現在是在慌張什麼？妳該要做好準備才是。」

「準備？為了什麼準備？」

叶老師斜眼瞧著我。

「必然的相逢呀。話說那場相逢，正是揭穿最後一個謊言的契機。如果妳不想失去重要事物的話，最好找回往日的羈絆。」

「……往日的，羈絆？」

那指的是，千年以前的事……嗎？

「晴明的占卜是絕對正確的喔。」

葛葉在最後又補上一句。

安倍晴明……平安時代深受眾人讚譽的最強陰陽師。

葛葉似乎一直到如今，仍是用那個名字稱呼他。

我們要是叫他晴明，叶老師就會囉哩囉唆地糾正我們，但他對於葛葉卻一聲也沒吭，只是伸手搔了搔金狐的下巴，讓金狐喉頭發出呼嚕聲。

「不管怎樣，先謝謝你的忠告呀。還有你好像派了什麼任務給由理，應該不是什麼很危險的事吧？」

「……」

叶老師的視線立刻撇向一旁。

「等一下，這是什麼意思？要是由理有個三長兩短，我肯定來找你算帳喔。」

我繃緊自身靈力，一副由理監護人的神態警戒地望著他。

「不用擔心，其他式神也在，我有叫他們互相支援。」

「哦？這樣呀。那就好……你要好好珍惜他喔，他可是我們最寶貝的由理。」

「……」

「那我要回淺草啦。」

事情都處理完了，我一刻也不耽擱地走出舊理化實驗室。

但內心仍舊是相當在意他的忠告。

「……命中注定的相逢嗎？」

確實，如果能遇見的話，我有個想要遇見的人。

對我們來說——

那之後，我馬上回到淺草，四處發送巧克力給平日關照我的大家。

大黑學長在淺草寺屋頂上頭，大口啃著應該是別人送的大塊心型巧克力，吃到臉頰都鼓脹起來，同時還一直凝望著天空。那裡明明空無一物。

「喔喔，真紀小子！你也要送巧克力給我嗎？」

「拜託，不要一看見別人的臉，就開口討巧克力好嗎？」

學長從淺草寺屋頂一躍而下，輕飄飄地降落在我身旁。

這個人可是淺草寺的大黑天大人。

他既非人類也非妖怪，而是淺草七福神之一，我們學校裡永遠的三年級生。

在淺草，應該沒有人收到的人情巧克力數量能夠和他相提並論吧。

「自從你說要暫時退出美術社，最近在學校都沒看到你耶……都在忙著守護淺草嗎？」

「哇哈哈，算是啦，有些狀況。」

大黑學長的臉上總是掛著積極正面、毫無一絲陰影的笑容。他這樣的人平時非常纏人、惹人嫌煩，一旦不在卻又會讓人感到些許寂寞。

「明年你就跟我們同年級了耶。」

「喔喔這麼說起來，對耶！你們就不會叫我學長了！哇哈哈。怎麼突然覺得有點寂寞！」

「哪有人一邊說寂寞一邊笑得這麼開心啦。」

大黑學長手持鮮紅團扇搧臉，仍舊豪爽大笑著啃巧克力。

那身影彷若背後神光璀璨一般耀眼。這個人真的每天看起來都很開心耶。大黑學長都沒有煩惱嗎？

「對了，真紀小子，妳有要去淺草地下街嗎？」

「嗯？有喔，我接下來就要過去。我每年也都會送組長人情巧克力，說真的，我平常麻煩他最多。」

「……那個呀，真紀小子，其實大和……這個……」

咦？大黑學長好難得會欲言又止。他手抵住下巴，「嗯……」地陷入沉思。太難得了。組長怎麼了嗎？

「咦？怎樣啦？大黑學長你這樣故弄玄虛，好像要發生壞事一樣，很恐怖耶。」

「沒啦，還不行！真紀小子，還不能告訴妳，現在時機還沒到！」

「啊？啊啊啊啊？」

剛剛都擺出那種表情了，怎麼可以賣關子啦！

但大黑學長只是堅持「現在還不行啦～」，到底是什麼現在還不行呀？

「硬要說的話，是與大和跟馨有關的事。下次遇見馨時，透露一點讓他知道好了。」

「組長跟……馨？」

這兩人怎麼會被湊在一起？這下我更是摸不著頭緒。
嗯，確實馨會麻煩組長介紹打工、或是一起顧攤販，當初要開始一個人生活時也是請組長介紹租屋處，兩人彼此是相互信賴的關係沒錯。
但我還是猜不出到底是什麼事。
「我懂了啦。就算我繼續追問，大黑學長你也不會告訴我的吧？」
「好乖好乖，真紀小子，妳真懂事。好乖好乖。」
「拜託，不要揉我的頭髮啦！我只是頭髮跟貓毛一樣又軟又細，但可不是貓咪喔！」
我為了從大黑學長過度誇張的疼愛表現中逃脫出來，一路狂奔過淺草寺境內。
就這樣一口氣跑離淺草寺附近，前往飄盪著懷舊地底氣息的淺草地下街，沒多久就到了妖怪工會總部的櫃台「居酒屋一乃」前面。
結果居酒屋臨時休息，進不去。
「咦？這種時候該怎麼進去工會才好呢？」
以前從來沒有碰過臨時休息這種事呀。
「沒錯！我的意思就是，既然現在都發生了這種事，不能再交給你了啦！」
「！」
店裡傳來怒吼聲。不曉得發生什麼事了，我將耳朵貼到門上。
「是說啦，一個工會會長居然手無縛雞之力，讓我一直提心吊膽的……」

「乾脆把大權轉交給旁系比較好吧。」
「你是灰島家的恥辱。明明旁系裡靈力值比你高的人要多少有多少。」
我聽見了許多難聽的羞辱話語。
還有組長極為冷靜的聲音。
「旁系各位的考量都十分有道理，不過最近淺草的情勢相當不穩定。我會負起所有責任，所以請各位不要在這個節骨眼上更換組織負責人，暫時助我們一臂之力。」
聽到這句話，我明瞭了整段對話的來龍去脈。
原來如此。統整淺草地下街的灰島家，旁系跑來找直系麻煩了。
之前就有聽說旁系和直系爭相不下，咬著組長靈力值比較低這一點鬧個沒完，想要搶走直系的權力。
就算沒有這件事，這份職責原本就相當艱鉅，現在旁系還來胡鬧，組長真的是好心被狗咬耶。就連我都忍不住要嘆氣。
沒多久旁系那些傢伙就一邊抱怨一邊走了出來。結果只是來發發牢騷就回去了的樣子。
一臉疲態的灰島大和組長也跟著走出來。他的外表有點像黑道，所以我都稱呼他為組長，但其實他是妖怪工會的會長。
「哇，嚇我一跳。茨木，妳來囉？」
「組長……你好像很辛苦耶。」

「妳都聽到了？沒事啦，常有的事。」
組長露出苦笑，他那群黑衣部下站在後頭。
看起來原先是預定要大夥一起出門吧？組長表情轉為凝重。
「茨木，我有點急事，下次再跟妳聊可以嗎？」
「啊，那這個你拿去。情人節的巧克力！當然是人情的。」
組長原本繃緊的神情，頓時放鬆下來。
但那張臉又逐漸因恐懼而發顫……
「吃、吃下去不會爆炸吧？」
「怎麼可能啦！難道你每年吃我送的人情巧克力時，都這麼害怕嗎？」
好啦，我過去真的給他惹太多麻煩，他會這樣戒備也是情有可原。
「欸，組長，一乃在嗎？今天她好像休息耶。」
「啊……一乃受傷了，應該會關店休養一陣子。」
「真的嗎？沒事吧？」
「……不用擔心，小擦傷。」
他露出比平常更顯疲憊的笑容，接過我一直伸在前方的巧克力，然後在我開口詢問發生什麼事之前，就拋下一句「這個謝啦」，快步朝地面上走去。
「……組長。」

組長雖然沉著穩重，但還很年輕。

以出身於名門灰島家這一點來看，他的靈力值確實不高。

不過我認為，只有那位組長才能辦成的事情，至今可說是多得數不清。

他每天被跟妖怪有關的各種狀況追著跑，已經很辛苦了，旁系那些傢伙還三天兩頭拿他力量不夠這點來說嘴，肯定造成他相當大的負擔。

應該要說幾句話幫他打氣——我一想到這點，就慌忙追著組長他們跑去。一來到地面上，卻遇上大群外國觀光客堵住去路，找不到組長的蹤影了。

我只好放棄，轉而朝下一個目的地走去——我的臨時打工地點「丹丹屋」，一間賣蕎麥麵和天婦羅的餐廳。

「歡迎光臨。啊，是茨木大姊。」

出聲迎接的是這間店的小老闆，也是我的公寓鄰居——豆狸風太。風太是大學生，但經常過來老家店裡幫忙，是隻很替家人著想的狸貓。

這個時間幾乎沒有客人，他一副很閒的模樣。

「等妳好久了～大姊，我一直深信妳也會給我一份巧克力的喔。」

「人、情，只是人情巧克力喔。拿去。」

「謝謝大姊！」

我明明強調這只是人情巧克力，但風太卻緊緊抓著，開心到快要哭出來的模樣。

「你為什麼那麼開心呀？你大學裡的女朋友也有送你吧？」

「那個呀～今年我一個都沒收到。因為～我現在～沒有女朋友～～」

「啊，是這樣啊。抱歉抱歉，踩到你的痛處。」

這麼說起來，他好像提過跟人類女朋友已經分手了呢。

「欸，風太，剛剛我去了淺草地下街一趟，旁系那些傢伙對組長講了很多過分的話，你最近有聽說什麼嗎？」

「……大和先生嗎？不，我什麼都不曉得。」

風太皺起眉頭，表情有些複雜。

「啊，不過搞不好是那個，最近淺草的結界有些異常的謠傳。」

「咦？真的嗎？」

「只是聽到店裡常客在討論。我從來沒有注意過淺草結界的存在，是發生了什麼事嗎？我不喜歡大和先生挨罵……」

風太不經意地告訴我一個驚人消息。然而站在風太的立場，他似乎更在意一向很照顧他的組長遭人大肆批評這件事。

淺草的結界……

我記得那確實是淺草七福神所肩負的職責。

平常生活中，根本不會有機會察覺到那個結界，就連我也感受不到它。

但我曾經聽說，都是多虧那個結界，那些真正邪惡的事物和嚴重災禍才無法侵入淺草。

儘管如此，淺草還是一天到晚發生各種小規模的麻煩事，那個結界的效果也不過就像神佛加持那樣若有似無啦。以前我曾聽組長這麼抱怨過。

我接著跑了好幾個地方，發人情巧克力給淺草平日常關照我的其他妖怪。

最後去千夜漢方藥局找阿水和影兒。

「茨姬大人送我們巧克力！太棒了～～！」

「哇～～真紀，等妳好久了～」

阿水和影兒是千年前茨姬的眷屬，我跟他們之間存在著一種特殊的羈絆，跟馨又有些不太一樣。

阿水是最早的眷屬，影兒則我是最晚收的眷屬。

兩人都滿臉欣喜地收下我送的大袋人情巧克力。

阿水還沏了一壺特地為今天準備的熱茶，影兒更是特意將巧克力供到神壇上，合掌膜拜。

「啊啊，我算是為了收到真紀親手製作的人情巧克力，過去這一年才這麼努力喔～療癒我的疲憊和衰老身軀……」

「你太誇張了啦阿水，你的人生才要開始起步呢，總是立刻裝成老人。」

我拍打阿水背部激勵他。影兒見狀，也回想起自己究竟活了有多久。

「對耶，雖然我活的長度是阿水的一倍，但我的人生也才正要開始呢。」

「等一下，可以不要把我跟影兒這種擁有神格的妖怪混為一談嗎？」

阿水立刻出聲反擊，不過這麼說起來，阿水確實也……

「阿水，你不是也有神格嗎？名為水蛇的中國妖怪，也曾經被當成神明膜拜吧？」

「我是準神格，不像影兒擁有日本神話等級的神格喔。算了啦……這種沒用的烏鴉，事到如今別說神格了什麼也不是，就算養著也沒有半點好處。」

「啊，阿水！你現在是在茨姬大人面前瞧不起我嗎！去死！」

影兒氣憤地捶打阿水。不過，這兩人看起來感情似乎也不是沒有變好一點……吧？

阿水還說：「啊啊，真舒服。」將影兒的捶打當作肩膀按摩。

「真紀，每年都謝囉。妳可以開始期待白色情人節了喔，我跟某人的老公不同，既是成年人又有錢，我要把百貨公司的棉花糖全買回來～」

「雖然我不討厭棉花糖，但也不需要那麼多啦。我還比較想吃各種水果～」

「水果嗎？好喔。不管是高級芒果、名牌草莓、哈密瓜、葡萄還是什麼，如果不是當季水果我就從國外訂回來。一切都照您的吩咐，茨姬大人！」

「欸，我開玩笑的，不用為這種事大費周章啦。只要去附近超市買個水果拼盤就可以了，聽話喔？」

我三句不離想要水果。

可是如果是阿水，他真的有可能從日本各地或國外訂回最高級的水果，所以我得先強調只是開玩笑。

影兒問：「白色情人節是什麼？」看來他雖然預習了情人節相關知識，但這方面還是有不少疏漏。

「來吧，小麻糬，我們去欣賞爸爸的英姿。他現在正揮灑汗水勤奮工作喔。」

差不多該過去馨打工的店了，我抱起正著迷地盯著傍晚幼教節目的小麻糬站起身。

「天色已經暗了，路上小心喔。還是我送你們過去？」

「不用啦阿水，就在大路旁邊而已。」

「茨姫大人拜拜～小麻糬拜拜～」

「嗯，影兒明天見喔。」

「噗咿喔～～」

我們在阿水和影兒的目送下，離開藥局。

小麻糬從我肩膀上探出頭來，不停朝著他們揮手。明明明天也會見面，他真的是很喜歡阿水叔叔跟影兒哥哥呢。

我們來到馨打工的家庭餐廳。

這間店在淺草車站附近，對於四處尋找待遇優良的打工兼差的馨來說，也是他待最久的一家店。

我莫名有點緊張。一進入店裡，就響起一聲清亮的「歡迎光臨」，馨走出來接待。

「哇，馨瞬間就出場了！」

「什麼瞬間啦……一位對吧？禁菸座位吧？請往這邊走。」

馨根本沒問我問題就擅自下判斷，帶我走進店裡，來到一個位於角落的寬敞沙發座位。

那是個即使小麻糬出來活動，也不容易讓其他顧客瞧見的好座位。

「決定餐點後，請按服務鈴。」

馨一副泰然自若的神情，對我也是善盡職責地接待，接著又因為其他客人的呼喚而快速離開。他的應對十分迅速，我連開個玩笑的機會都沒有。

「話說回來，馨穿服務生制服的模樣，讓人覺得好新鮮喔～」

我從菜單探出頭來，頻頻偷瞄馨工作的身影。

他呀，個子高、身材好，這副打扮也很好看。而且他在家老是懶洋洋的，在外頭倒真是俐落幹練。

像這樣遠遠欣賞他平常不會在我面前展露的接待客人用的親切笑臉，感覺也不壞呢。

就在此時，帶著小朋友的一家人，把桌上裝著果汁的玻璃杯打翻了。

那桌客人頓時張皇失措，馨立刻發現異狀，便拿著裝紙巾的盒子走過去，迅速擦拭桌面和桌子下方的地板。

「這位客人，請問衣服和包包有潑到嗎？果汁有濺到餐點，我晚點送新的一份過來。」

他的應對體貼周到，還對頑皮的小朋友微笑。

原本手足無措的客人，也因為馨俐落果決的處理而放下心來，頻頻跟他道謝。

「呵呵，馨我看到囉，滿行的嘛。」

「……只是標準處理流程啦。」

我在馨過來座位時隨口誇獎一句，但他反應冷淡，可能是害羞吧。他單手拿著點餐用的機器，淡淡地接著說：「請問妳要點什麼？」

「這個呀～既然都到家庭餐廳來了，就想要吃起司夾心漢堡，可是小麻糬從剛剛就一直對炸蝦的照片又嗅又聞的，所以也得點炸蝦……啊～可是！可是我也想吃炸牡蠣！畢竟現在是冬天！」

「嗯……那妳可以點冬季饗宴裡的起司夾心漢堡和炸牡蠣套餐，兒童餐裡面也有附炸蝦，小麻糬就幫他點那個。」

「嗯嗯，那就這樣吧。」

「冬季饗宴的套餐有附飲料吧，妳可以去選自己想喝的。」

馨熟練地幫我點好餐，英姿颯爽地走進廚房。

飲料吧提供各式各樣的紅茶茶葉。我泡了一杯熱騰騰的蘋果茶走回座位，和小麻糬玩了一會兒文字接龍。

小麻糬躲在我身旁的紙袋裡，假裝是隻玩偶，只能把頭探出來小聲回答。

「那麼～一開始是『小麻糬』。」

「噗咿喔。」

「嗯～『薯泥』嗎？泥……泥……『泥巴』。」

「噗咿喔。」

「嗯嗯，『芭樂乾』？那個，乾……乾……『乾屍』。咦？這是不是太噁心了點？」

我們偷偷玩著只有彼此才懂的接龍，這時聽到一聲「讓您久等了」，只見馨拿著剛做好的熱騰騰餐點走來，而食物的香氣早已飄過來。

「哇啊啊，看起來好好吃！」

在鐵板上的漢堡排滋滋作響，發出令人食指大動的燒烤聲。

這份套餐附了兩顆酥炸牡蠣，看起來就非常下飯。

小麻糬的兒童餐也有雞肉番茄炒飯、炸蝦和布丁。這個組合全是小朋友喜歡的食物，看起來好好吃喔。

「我大概還要一個小時才能下班，你們就慢慢吃，休息一下。」

「嗯嗯，你也努力去賺剩下的一千一百五十日圓時薪來吧。」

「妳怎麼知道我一小時的時薪多少？」

「我看到外面張貼的紙呀。」

我其實滿喜歡家庭餐廳的。

爸媽還在世時，我們經常去家庭餐廳吃飯。全家聚在一起，各自挑選喜愛的食物享用，是美好的回憶。

「喔喔喔……」

我一從正中間切開漢堡排，熱騰騰的濃厚起司就流了出來。

這個瞬間讓人興奮不已。正統又帶著甜味的多蜜醬與漢堡排十分相配，附在一旁的水煮蔬菜和馬鈴薯也深得我心。酥炸牡蠣平常自己在家不會做，好久沒吃了，實在有夠美味。充分裹上塔塔醬再大口咬下，如牛奶般濃郁的牡蠣鮮味滿溢而出，瞬間擴散到整個口腔。真的是瞬間擴散。

「哎呀，小麻糬你居然拿整隻炸蝦起來啃，好奢侈喔，很開心吧？」

「噗咿喔、噗咿喔。」

「話說回來，炸蝦與小麻糬……這畫面也太可愛了吧，我來照張相！」

我們就這樣在家庭餐廳裡盡情享用餐點，又去飲料吧拿了果汁，等待馨打工結束。

他後來又過來我們這一桌，說聲：「拿去。」將我根本沒點的甜點放在桌上。

「哇，是白玉鮮奶油餡蜜！白玉鮮奶油餡蜜耶！」

「……我想說光吃那一點，大概無法滿足真紀大人的胃口。」

「不愧是我的好老公～！不過你請我吃這麼多東西沒問題嗎？別說是今天的打工錢了，就連明天的打工錢也沒了吧……」

這一點令我很擔心。馨辛苦賺的血汗錢，好像都直接被我吃下肚了。

不，這一點或許是我發現得太晚。

「不用在意，我也算是為此才努力工作的……」

馨的眼神飄向遠方，但立刻回神回去工作。

他都特地送來了，我就不客氣地進攻白玉鮮奶油餡蜜。

馨呀，從還是酒吞童子的時候開始，就一直有為我鞠躬盡瘁付出的傾向呢。

之前我採取蠻橫態度，利用馨愛唱反調的性格，稍微壓抑了他這項特質。但自從京都的修學旅行之後，馨對我一直都很縱容，我也就不太對馨展現出那麼蠻橫的態度了。應該說，沒辦法順利展現出來。

為什麼呢？

「啊，小麻糬！你把杏桃和橘子吃掉了對吧！」

我正想說小麻糬好乖都沒吵鬧，結果他就趁我陷入沉思時，把餡蜜上頭的杏桃和橘子吃掉了。還歪著頭「噗咿喔？」地叫，一臉無辜的表情，不過嘴巴上到處都沾著汁液。

但小麻糬的這一點也好可愛。我一邊這樣想著一邊把剩下的餡蜜吃得一乾二淨。感謝招待。

我們在家庭餐廳飽餐一頓。

小麻糬吃飽後，就在紙袋中靜悄悄地睡著了。

我看見這個畫面，覺得溫馨又可愛，同時拿出英語單字本，準備明天的小考。

這個時間要是待在家裡，肯定是懶洋洋地看電視吃零食，不過在這兒沒有其他事情可做，精神反倒十分集中。

印象中馨好像也說過，他會在打工的休息時間背小考範圍的內容。

馨即使每天打工，成績還能這麼好，就是因為集中力強，又擅於利用時間吧？我也得好好效法他才行。

過一會兒，我想喝杯熱紅茶，便起身走向飲料吧的櫃台。

「……嗯？」

有個頭髮亂糟糟又戴眼鏡的青年，極為手足無措地杵在飲料吧前。我遠遠觀察著他的情況。

啊啊，他搞不清楚該怎麼泡紅茶吧。

畢竟飲料吧提供的茶葉超過十種以上，而且杯子還是跟濾茶網結合在一起的奇特款式。

「那個……把茶葉裝進這裡就可以了喔。」

我在旁邊朝自己的茶杯放進茶葉，同時隨口教他。

那個人明顯嚇了一大跳，大概是沒想到會有人跟他搭話吧。我又不會把他吃了，用不著這麼害怕吧。

長瀏海和厚重的黑框眼鏡，讓我看不清楚他的長相，不過站在旁邊時感覺他的個子很高。應該是大學生吧。乍看之下的印象是身材瘦削高挑，V領毛衣顯得過於寬鬆。

那個人低頭看向我，愣在當場。不過……

「謝……謝謝。」

他慌慌張張地低頭致謝後，就跟我一樣將茶葉裝進杯子裡，還緊緊盯著我的杯子，小心翼翼地裝進跟我差不多的分量。

他也搞不清楚要在哪裡加熱水，所以我就告訴他：「是這裡喔。」

每次我出聲，他都會嚇得渾身一震，就像一隻怕人的膽小動物，連我都不禁跟著擔心起來。這男生沒問題吧？

「那個其實這裡也有寫，先蓋上蓋子悶一下，再把連著上面的濾茶網拿起來，然後就可以直接當作一般茶杯飲用了。濾茶網拿起來時會有熱茶滴下來，要小心。把這個蓋子倒過來放，就有一個凹槽可以擺濾茶網……」

這次我說明時，就不再使用敬語了。

那位看似大學生的青年，聽我講解時坦率地頻頻點頭，然後又驀地垂下頭，慌張地走回座位。

座位上坐著跟他年紀相仿的幾個人，大概是跟朋友一塊兒來家庭餐廳的吧。

算了沒差啦。我也算做了件好事，心情正好。

我就在家庭餐廳裡，度過一段悠緩又安穩的時光。

「不好意思，拖到一點時間。」

馨剛好下班了。他換好衣服，走到我們這一桌準備回家。

我啪地闔上單字本。

「沒關係，沒想到在這裡背單字進展神速，也不用洗碗收餐具，還有紅茶可以無限暢飲，滿享受的呢。」

馨打工一結束，我們就離開家庭餐廳。

走到外頭發現夜裡的風仍舊冰冷，吐出的氣息也都是白色的。

抬頭望去雖然看不見幾顆星星，但淺草夜晚的氣氛倒不壞。

「欸，馨，反正都是要回去，不如我們沿著隅田川散步回家吧。」

「那樣比較遠喔，妳不冷嗎？」

「不冷，而且我還抱著小麻糬。」

小麻糬窩在我的開襟衫裡被我抱著，依舊沉沉睡著。

畢竟現在差不多是他的上床時間了。

我們走在隅田川旁的步道上，抬頭仰望聳立在夜空中、散發光芒的晴空塔。現在是情人節特別款式的粉嫩燈光。

晴空塔的發光顏色會隨著季節或特殊活動而改變。

「哇～今天吃得好滿足。真不好意思，在馨你工作的時候一個人享受。」

「沒差，也是我邀請妳的。」

「你回去後要吃什麼？今天沒去買菜，家裡沒有東西吃喔。」

「啊，剛剛應該隨便買點現成的配菜回去的……」
就在這時，咕嚕咕嚕——馨的肚子發出響亮的聲音。
這種事通常都是發生在我身上。我忍不住噗哧笑出聲。
然後馨還難得地滿臉通紅。
「不、不要笑！我剛剛這麼認真工作，肚子當然會餓。」
「我曉得啦。馨，那你要先吃個可以填肚子的點心嗎？」
「……妳要給我東西喔？」
「當然呀，今天可是情人節耶。」
我轉身正面朝向馨，從紙袋中取出特地為他準備的那盒情人節巧克力，毫無猶豫地遞向前方。
「給你，真心巧克力。」
馨的神情變得有些純真，坦率地點了個頭，然後接過我的真心巧克力，凝視著那個盒子，露出溫柔的笑容。
「應該是每年都有收到啦。」
「哎呀，我今年比以往更用心喔。只有你的跟大家不一樣。」
「哦？去年我大概只有比那些拿人情巧克力的傢伙多一顆巧克力而已……」
「咦？是這樣嗎？」

我仔細回想，發現好像真是這樣，但臉上當然要繼續裝傻。

畢竟我們兩個實在太像是老夫老妻了。

就連情人節也變成主要是向關照我們的大家發送巧克力，馨只是順便的感覺。而且他之前也沒有特別想要。

馨打開盒子叫道：「喔喔，布朗尼～」立刻就發現點心的真面目。

「裡面有加核桃喔，是七瀨教我做的。我切成長條狀方便用手拿著吃，如果你餓了可以抓起來吃。」

「我已經在吃了。」

馨早就塞得滿嘴布朗尼。

我們靠著扶手，在能夠望見隅田川和晴空塔的位置待了一陣子。

「好吃嗎？」

「嗯嗯，不會太甜，是我喜歡的口味。不愧是妳做的。」

沒錯。我早就摸透馨喜歡什麼樣的口味。

不過總覺得有點害羞，既高興，內心又有幾分揪痛。

「欸，好不可思議喔馨。我們兩個雖然身為夫婦的經驗豐富……但若是戀人關係，就很生疏呢。」

我講這種話自己都不好意思起來，只好搔搔臉頰，嘿嘿傻笑來掩飾這種心情。不過馨似乎認真在思考。

「也是呢，我們還是酒吞童子跟茨木童子的時候，就一直都是夫妻。」

「對呀。所以，馨你放學後講的那些話……那個，我覺得好像也不錯。」

我這次換成扭扭捏捏地邊玩手指邊說。

「盡情享受作為人類的一生，也是我這輩子的願望之一喔。我想跟馨你談一場青春洋溢的戀愛。」

「……我也一直在想同一件事喔，真紀，這個禮拜一直都在想。」

馨吞下布朗尼後，舔了一下大拇指。

「我聽到岡部跟妳告白後就感到很焦躁，不禁心想：『啊啊，真紀終於被別人發現了。』」

「什麼？」

我一直都在這裡耶。我側頭指著自己。

「不是啦，誰跟妳說是那個意思。」

馨一如往常地立刻吐嘈。真謝謝你喔。

「妳自己可能沒有發現，但妳比以前更喜歡人類得多。妳以前因為不相信人類，所以對同學的態度總是有點冷淡，可是最近妳很明顯對人類產生了興趣與熱情，從學園祭開始。這樣一來，其他傢伙可能就覺得有機會……覺得妳看起來隨和又可愛、很有魅力……啊啊啊啊啊。」

馨講這些平常不習慣說的話到一半，突然發出奇怪的聲音伸手搔搔頭。

肯定是在害羞吧？百分之百是在害羞吧？

不過馨想說的事，我大概能懂。

「呵呵，簡單來說就是想要獨占我吧？」

「對啦。不管是有別的男人注意妳，或是他們痴心妄想能有機會跟妳交往，我都覺得不爽……那妳呢？今後就算我一直被其他女生追著跑，妳也不介意嗎？」

「也是呢，雖然不忍心破壞那些女生的美夢，但我最近也覺得要向周遭的人隱藏對你的心情，已經越來越難了。」

一直到前陣子，我都還能輕鬆做到。

可是我們似乎已無法滿足於只是做一對前世夫妻。

有如一般高中女生的、一種新的戀愛心情，已經悄悄萌芽了。

「我們以前一直太過拘泥在兩人是夫妻，或曾是一對夫妻這件事上，而沒有把握當下。」

「嗯。不過如果對象是你，我會想嘗試看看只有現在才能體驗到的戀愛。」

然後我們互相側眼凝望對方，微微笑了，輕柔地交疊雙唇。

將來的某天，我們一定會再度結為夫婦。

不過我們現在還不是夫婦。

現在該要好好享受可能一眨眼就會結束的青春。這肯定會在未來成為珍貴的回憶。

後來——

我們開始交往這件事，出乎意料地沒什麼人發現。我們以一種很平緩、很自然的步調，漸漸讓學校的大家留意到情況的改變，不過這又是另外一個故事了。

〈裡章〉由理，式神這行實在很麻煩

情人節呀。

我去年是吃了若葉跟媽媽烤的熔岩巧克力蛋糕嗎？

今年不曉得為什麼，從女生收到的巧克力數量比去年還多，但我心裡只覺得很寂寞。這種東西正因為是重要的人送的，才會特別開心吧。

我，夜鳥由理彥，坐在隔壁家的屋頂上出神地望著以前住過的那個家裡，有如溫暖光芒般一家和樂的畫面。

「喂，鵺，我還以為你這小子是去哪鬼混了，原來躲在這裡觀察老家呀。我有叫你任務一結束就趕快回來吧。」

聽到聲音沙啞的男子抱怨，我不禁嘆了一口氣。

回過頭，那兒站著一位淺灰色刺蝟頭髮型、穿著軍外套的男人。他背向月亮，一副趾高氣揚的神態，眼神銳利地低頭盯著我。

眼睛下方有嚴重的黑眼圈，耳朵上掛著數不清的耳環、胸前和手腕都叮叮噹噹地戴滿銀色飾品，從外表來看就是讓人避之唯恐不及的類型。不過出人意表地，這位可是叶老師的式神——四神之一的玄武。要是不曉得他的身分，肯定會以為他是個壞蛋。

話雖如此，我現在是個新進式神。

我擺出謙和的笑容和一臉歉意向他說：「對不起，玄武先生。」

「不是玄武先生，要叫我首領。像你這種新進式神，都由本大爺親自指導，不准你擅自行動。」

「好好，我明白，首領。」

我站起身，背向過去的溫暖家園，跟著玄武先生——那位統帥叶老師式神的首領背後離去。

其實我可以用飛的，但還是跟玄武先生一樣在大樓屋頂間跳躍移動。突然他半途來了個緊急剎車，惡狠狠地瞪視空中。

「哈，你看，是水屑的偵查用管狐火。」

玄武先生的眼神驟變，翻開軍外套，從設在內側的簡易狹間取出巴祖卡火箭筒，嘴角扯開一抹不懷好意的笑容，露出尖銳的牙齒。

「新來的，你給我睜大眼睛好好看著，本大爺要用式神流的方式帥氣地把那些東西炸爛。狐女的混帳間諜，我來把你們通通變成灰燼！」

已經完全聽不懂他在講什麼了。

玄武先生一架好巴祖卡火箭筒，就毫不遲疑地朝空中發射。

劇烈爆炸讓飄浮在空中的偵查用管狐火飛散四方。一發就全部解決了。話說回來這一發根本就是殺雞焉用牛刀。

儘管如此，他為了避免打擾淺草夜間的祥和，有用方位結界包覆住那場攻擊，讓聲音傳不出去。由此可見雖然那張嘴巴和外表像個壞蛋，但實際上是位行事周到的式神呢。

「玄武先生，你依然是個戰鬥狂熱分子耶……還有那件外套的內側，到底藏了多少炸彈和槍械？」

「啊，混帳，不要偷看！」

玄武是擁有烏龜模樣的方位神，從千年前就有將武器儲藏在龜甲裡的習性，現在就是改放槍砲。

我們將緩緩飄落到身上的灰燼拍掉後，繼續移動。

說到我們現在正往哪裡前進呢？就是我每天去上學的所在地，明城學園。

其狹間裡頭的舊理化實驗室。

實際上叶老師家，或者該說是基地，位在距離此地很遙遠的地方。

但叶老師叫四神在馨創建的裏明城學園的舊理化實驗室裡，打造了一條與基地相連的通道，利用它往來移動。

這也就是舊理化實驗室之所以會有這麼多舒適家具的原因了。

叶老師現在並不在實驗室裡頭，倒是有一位金髮的狐少女，正在黑板上塗鴉玩耍。那看起來只是信手塗鴉，但其實是列出了好幾種今後的作戰方式與預測。

「玄武，巡邏完啦？」

「是的，葛葉大人，看來水屑的間諜果然混進淺草來了。」

玄武先生在那隻金色狐狸前方，單膝跪地。我不禁暗忖，這傢伙是誰呀？

「我大概打落五隻，旁邊這個新來的算是有幫點忙啦。」

「沒這回事喔，我打了十隻。」

「……咦？什麼時候？」

我跟玄武先生孩子氣地較量起來。葛葉大人就躺向沙發，抓起巧克力吃……那雙砂金石般的眼眸極為冰冷，瞇成一條細縫。

「那隻女狐狸果然還活著呀。水屑這女人也是學不乖耶，真難搞。即使她是葛葉的姊姊，但放任她繼續在人類世界興風作浪，哪受得了呀。」

「！」

水屑……以玉藻前這名字聞名遐邇的狐狸，和晴明的式神葛葉是……姊妹？

這件事我是第一次聽說。

葛葉大人講話的語調，聽起來也像是在刻意透露給我知道。

「你這混帳發什麼呆呀，有聽到葛葉大人的話吧。」

「當然。不過真有趣耶，玄武先生明明是四神，為什麼對葛葉大人這麼畢恭畢敬的？」

「廢話！葛葉大人可是晴明的初期式神。初期式神是特別的，擁有其他式神絕對無法超越的地位，就算我們是傳說等級的四神也一樣……」

玄武講得興起，但內容倒是不太重要。

話說回來，其他四神跑哪兒去了？

「朱雀正潛入搜查，青龍去調查隅田川的水質，白虎跟晴明關在實驗室做研究。」

「晴明……叶老師到底在研究什麼東西？」

聽到我的問題，葛葉大人與玄武先生的表情微微變了。

那變化非常細微，就像是根本沒有改變一般，可是我沒有看漏。

「鵺，你很在意嗎？」

「對呀……非常在意。」

我面露微笑擺出一副和善無害的笑臉，同時特別強調「非常」這兩個字。

「非常在意嗎？鵺的言靈是無法違逆的，這樣的話……」

葛葉大人「嗯……」地沉吟著，隨便地想了一下。

她遠比叶老師情感豐沛，表情也不停轉變，但完全看不出內心真正想法這一點，果然是女妖狐呀……我不禁這麼想。

「研究禁忌之術，一點點啦。有備無患嘛。」

葛葉大人將食指比到嘴前，用眼神示意我其他的就是祕密了。

原來如此。我明白了叶老師正為了什麼在做準備。

但我明白的事情，不僅於此。

「你們呀……就是這樣在暗地幫淺草……不，幫真紀和馨維護和平的現狀吧？以前在我家裡出現的狐狸、在鞍馬山助真紀一臂之力的狐狸，還有在晴明神社現身的狐狸，都是妳吧？葛葉大人。」

「你為什麼會這麼想？」

「我開始接受你們分派的工作後，才終於懂了。真實身分早已曝光的那兩個人，之所以能夠過著一如往常的安穩生活，都是因為你們在暗地裡努力去除各種危機。若非如此，真紀和馨早就暴露在危險之中。」

「……」

「為什麼？為什麼叶老師要幫他們兩個做到這個地步？」

說不通。

上輩子安倍晴明和這一世叶老師的行動，還說不通。

我雖然想知道其中緣由，但要讓他們透露詳情，似乎還需要等到他們更加信任我。

「我們的使命就是，一定要讓那兩人在這輩子以人類的身分獲得幸福。」

人類的身分。

葛葉大人像是特別強調這幾個字以試探我的反應。那雙深幽眼眸直直望著我。

我想知道隱藏在那雙眼眸背後的，叶老師的計畫。

第三章 人類與人魚的婚姻傳說

二月下旬。

受到昨晚降雪的影響，馬路跟屋頂上都還殘留著一些白雪。

寒意刺骨的假日早晨，我和小麻糬一邊玩雪，一邊朝阿水經營的「千夜漢方藥局」走去。

「啊～～好冷好冷。軟綿綿的小麻糬，來給我抱緊～」

「噗咿喔～」

但我們急忙前來的藥局門口，卻擺著「臨時休店」的看板。

「咦？今天休息耶。」

我們繞到屋後，按了他住家的門鈴。阿水便喊著：「來了來了。」打開門將我們領進溫暖的室內。

他似乎正在收拾東西準備出門。

「你要去哪裡嗎？店前面擺著臨時休店的看板耶。」

「嗯，我今天得拿藥去給住在立川的老客人。他的情況特殊，所以都是我親自上門拜訪。」

「啊啊，這樣呀。我今天閒得發慌，小麻糬又想來這邊，所以想說搞不好可以幫點小忙就過來了……」

阿水眨了眨眼睛，突然露出笑容說道：「這真令人開心呢！」

「那真紀，你們要不要一起來？」

「咦？可以嗎？」

「當然呀。這一位……我剛好也想介紹給妳認識。」

阿水的表情，看起來有所謀算。

雖然我有點在意，但難得有機會能參與阿水的工作，所以還是滿高興的。

「喂～影兒！不要一直看電視，趕快吃完早餐換衣服，上次不是買了給你穿出門用的好衣服嗎？還有頭髮也梳整齊，外表對做生意很重要。」

「……嗯，我知道啦～」

影兒剛起床沒多久，仍有些恍神。眼睛直盯著早上的八卦節目，吃早飯的手就停在半空中，簡直像小朋友一樣。

他跟以前一樣討厭早起呀。我在他旁邊坐下，將手搭在他肩上。

「哇！茨姬大人！」

「好了，影兒，快點吃。阿水開始不耐煩囉。」

「是、是的！」

影兒急忙扒飯進嘴裡。

結果吃太快噎到，於是我輕拍他的背。

這時電視剛好播到一個搞笑藝人與女演員的離婚八卦特輯。

明明兩人是墜入情網才結婚的，現在卻有一方被週刊拍到外遇的證據。這是常見的模式。

「茨姬大人，外遇是什麼呀？」

「咦？」

影兒一邊吃早餐，一邊以十分好奇的神情發問，使我很為難。

「那個……就是已經有伴侶了，卻還背地裡跟其他人相愛這樣吧？」

「為什麼都有伴侶了還要找別人？這兩個人類，半年前我才在電視上看到他們舉行婚禮。」

「嗯，這個……」

影兒一臉不解。

那也是無可厚非。妖怪基本上就是從一而終，雖然並非絕對不會外遇，但與自己伴侶相守的時間遠比人類還要長久。

「也是呢……這兩個人呀，當初大家就說他們的背景落差太大，所以應該有很多地方觀念不同吧？一起生活後，可能就漸漸無法忍受對方的行為和壞習慣，或是金錢觀截然不同，即使兩人在一塊兒內心也感到寂寞……是說，實情到底怎樣我是不清楚啦。」

畢竟我也沒有外遇或出軌的經驗呀……我以一個高中女生的立場，認真思索這個問題。

「人類這種生物呀，正因為一生很短暫，所以也變心得快喔。從妖怪的角度來看，實在是活得很急吧。」

遭八卦節目的主題所吸引，就連我都跟著看起電視。阿水等到不耐煩了說：

「拜託！不是才說動作快一點！媽媽我已經要出門了啦！」

他不知為何以媽媽自居，氣憤地大喊，我跟影兒才慌慌張張地準備出門。

「茨姬大人，今天馨大人沒有一起來嗎？」

阿水開著廂型車，我跟影兒並排坐在後座。

影兒抱著小麻糬，開口問我馨怎麼沒出現。小麻糬則獨自玩著擺在車裡的小車車。

「馨最近都在打工。」

「這樣呀。馨大人工作也很辛苦呢。」

影兒會關心馨，但阿水則是說道：

「託他忙著打工的福，真紀才會來我們這邊呀。馨呀，你儘管多塞點打工吧～」

「他要是聽到你這句話，大概會減少週末的打工喔。」

「啊哈哈，他的確是這種愛唱反調的個性。」

阿水看穿馨的彆扭性格了，我忍不住噗哧笑出聲。

「是說，現在拚命工作是好事。等到變成准考生，就不能再像這樣經常打工。馨應該是以東京都內的頂尖學校為目標吧？」

不，那傢伙的話，感覺會一邊準備考試一邊打工……

「烤生……是什麼呀？」

「就是為了上大學，抱著必死決心瘋狂苦讀的學生啦。我也打算繼續升學，得要多加油了。」

影兒似乎還是懵懵懂懂，而阿水在注意路況安全的同時，從後照鏡中瞄了我一眼。

「哦？真紀，妳想考什麼大學？」

「與其說大學，我想要考短大喔，而且是能從淺草通學的學校。其實我原本想要找工作，但現在的我什麼都不會……所以覺得必須像普通人類一樣學些技能，好好找份工作。如果能像阿水這樣，具備能在人類世界中發揮的專長就太好了。」

「啊哈哈，真紀妳在妖怪的世界明明能做那麼多事呢。不過，這樣就能看到真紀成為女大學生的模樣，那也是滿令人期待的……」

從後照鏡看得到阿水色瞇瞇的表情。

要是馨在這裡，兩人肯定又要鬥嘴鬥到天荒地老。

「只是我不想給親戚添麻煩。雖然阿姨說爸媽有留下一些錢，可以送我去讀短大沒問題……不過原本也就是出於我的要求，他們才讓我一個人住的。」

「這樣呀，那萬一有什麼狀況，就換我送妳去念短大吧～我也是有點積蓄的。」

「還、還有我！」

「影兒少來，你的錢包裡連一千圓都沒有吧。」

「你說什麼！我也是一直有在存錢筒裡存十圓硬幣的好不好！」

眷屬兩人嘴上的攻防戰逐漸白熱化……

「好了好了，你們兩個沒有義務要做到這種程度。特別是阿水，你太有可能會這麼做了。」

「為什麼～～為什麼為什麼啦！真紀，明明我比妳親戚更像個親近的叔叔，一直盡心盡力地守護著妳！就為了能對妳的人生有所貢獻，為了能幫上忙。」

「我也是！」

「影兒還是算了啦。你先能早起，一個人自立自強再說。」

「你說什麼——」

「……真受不了你們耶。」

都讓我無話可說了，這兩個人真的是喔……

「我很感謝你們這麼有心啦。那麼……如果將來我升學或找工作都失敗時，就讓阿水僱我在店裡幫忙好了，那樣一來也要麻煩影兒教我工作上的內容。」

我半開玩笑地這麼說。

「喔喔，這樣好。真紀，就這麼辦吧。我保證給妳比任何公司都好的勞動環境和薪水喔～」

阿水興奮地開始畫大餅，明明八字都還沒一撇呀。

「哇~哇~可以跟茨姬大人一起工作耶！不過茨姬大人的那個什麼考試，我也會幫妳加油喔。」

影兒仍舊搞不太清楚狀況，但還是開心地替我打氣。

他們總是過度保護我，又重情重義，時時刻刻都希望我能過得幸福，從各方面守護著我。

身邊就有打從心底希望自己獲得幸福的人存在，真的是無比幸福的事情呢。

在各種閒聊玩鬧中，車子抵達了目的地。

經歷一段相當漫長的路程，我們終於抵達的地點是位於東京西邊的立川市。

車站附近的鬧區十分繁華，但只要稍微離開一些距離，放眼望去就是恬靜的稻田風光，是一塊與淺草氣氛不同的土地。

阿水停下廂型車的地點，是在與這種景色稍微不搭調的洋館門前。

按鈴進門之後，迎面就是需要抬頭仰望的高聳巨樹。這戶人家似乎擁有相當寬廣的土地，簡直就像一座公園。

「哇，好大棵的樹。」

「這是櫸木。武藏野一帶從以前就有很多這種樹，特別是這戶石崎家的兩排櫸木十分壯觀。」

我們在兩排櫸木之間走著，融化的雪水滴滴答答地落在頭上……唔，好冰。

穿過櫸木道後，就望見歷史悠久的洋館了。我站在它前方，有些被震懾住，不禁開始緊張起來。畢竟那是一座極為華美莊嚴的大型洋館。

「哦、哦，阿水，你有這種超級有錢的客人呀。我完全沒想到會來這種超大間的洋館，穿著皺巴巴的日常外出服就來了耶。」

「沒關係啦。我的顧客不管是人類還是妖怪，多半都有些特殊情況，所以當然也有富豪囉～話說回來，真紀，這裡可能會讓妳受到一點衝擊。」

那個，我已經確實受到衝擊了喔。

但我轉頭看向影兒，他的表情莫名嚴肅，看來阿水說的衝擊，或許是另有所指。這裡究竟有什麼……

「歡迎各位遠道而來，水連醫生，還有各位助手。」

坐在輪椅上的白髮男性與管家一同在玄關前等待。

居然還有管家，這人肯定是大富翁或貴族。我不由得更加緊張。

「午安，石崎館主。」

「哎呀，那位小姐是第一次見到呢。」

我立刻就發現，這個人是人類，並非妖怪。

我通常在初次見面的人類面前都會非常怕生，但那位老伯伯的微笑非常溫和，稍微緩解了我的緊張，因此才能勉強擠出笑容。

「石崎先生，她是我可愛的姪女喔。」

「哎呀，所以也是妖怪嗎？」

「啊哈哈，這就任憑想像囉。」

這個老伯伯接受妖怪的存在。

他特地從遙遠的淺草把阿水叫來，是個跟妖怪有關、有什麼隱情的客人嗎？

「那個……我叫真紀。」

我只報上名字，低頭致意。

仔細一瞧，石崎館主只有一隻腿。

洋館裡莊嚴寂靜得令人吃驚，飄散著正午的氣息。

正中央的階梯上鋪著紅地毯，樓梯平台的窗框鑲嵌著花窗玻璃。

「……」

陽光從那兒射進來，照亮了古老建築的塵埃。

塵埃宛如象徵著這棟屋子悠緩的時光，無聲又輕盈地在空中閃閃飛舞飄動著。那股流動極為徐緩。

「我先拿藥給石崎館主。影兒，你帶真紀去跟夫人打招呼，我待會兒也會過去。」

「……嗯。」

影兒的表情更加緊繃。不，或許該說是僵硬吧。

「拜託你囉，那孩子很期待能跟影兒講話喔。」

……那孩子？

館主稱呼自己的夫人為「那孩子」，實在有點不尋常。不過我沒有多問，就順從地跟著影兒走。

在管家的指引下，我們走過館內長長的走廊。

明明是棟氣派的洋館，卻安靜到連根針掉在地上都能聽見，也完全沒見著其他人。

偶爾我會感覺到小妖怪們的氣息，但都是些在這種屋子裡常見的類別，並不覺得有什麼問題。

「影兒，你已經來過這裡好幾次了嗎？」

「是的，茨姫大人。陪石崎館主的夫人聊天，算是我的工作。」

「……哦，看來對方很疼愛你呢。」

對於一對老夫妻來說，應該是把影兒當作孫子般來看待吧？

我正在腦中擅自如此想像時，管家就在某個房間前停下腳步，用鑰匙打開門。

想必夫人就在裡頭了吧？我不由得挺直背脊。房裡猶如一間寬敞的待客室，裡頭卻空無一人。正當我兀自納悶時——

「嘿呦。」

「！」

管家突然將似乎很沉重的書櫃橫倒在地，嚇了我一大跳。

「咦？」

而隱藏在書櫃後方的東西，更是讓我大吃一驚。

那不是一道嚴密上鎖的暗門嗎？

「這是什麼？雖然在國外影集或電影裡常看到。夫人在這扇門後面嗎？」

「……是的，茨姬大人。」

雖然我原本就認為應該別有隱情，但或許這個「隱情」遠超出我的想像。

管家接連開了好幾道鎖進門後，裡面是看似後來才加蓋的樓層，只有一座電梯，看起來非常不自然。

搭上電梯，感覺不停地往下移動。這裡有地下室嗎？

「請進。」

管家出聲請我們走出電梯，又穿過一條走廊，用磁卡打開一扇厚重的大門。躍入我眼底的是……

「這是……什麼？」

映入眼簾的是青藍色透明的水波，還有搖晃迴旋往上方浮起的泡沫。

那兒簡直就像是一座水族館。

落地玻璃的另一側，海草與珊瑚搖曳生姿，色彩繽紛的魚群恣意悠遊，是座刻意打理過的美麗水族箱。而且——

「怎麼可能……是人魚。有人魚！」

我驚訝地衝到玻璃前。

有一隻人魚正在裡頭悠然自得地游泳。

她的鱗片是粉桃色，頭髮是薰衣草紫與藍色的漸層。雙眼是翡翠綠，雙耳則長得像鰭一般。

我的目光不禁追逐著優雅悠游的人魚移動。

「噗咿喔～！」

就連企鵝寶寶小麻糬都追著在水中游泳的魚群，在房間裡頭跑來跑去。明明他原本也不是企鵝，更不是海中生物，卻一副要開始游泳的模樣。

「夫人，水連醫生的助手深影先生，還有真紀小姐過來看您了。」

「！」

人魚發現我們，便像個孩子般興奮躍動著，隔著玻璃與我四目相交。

然後，她一路往上游去，直到身影消失在我的視線裡……

「哇。」

她到底是從哪裡過來的？

房間角落有一條筒狀的滑水道，她是經由那裡砰咚地滑進房間一角的游泳池。

原來如此，是能從上方自由來去的構造呀。

我一開始就注意到了，房間地板就像河流一般，四處設置了能讓人魚自由游動的通道。啊，小麻糬擅自跳進去游泳了……

「說到人魚，這輩子我還是第一次看到。雖然千年前我曾好幾次跑到丹後海邊，威脅那些試圖引誘酒吞童子的人魚。」

「聽說人魚遭到人類濫捕，數量與往昔相比大幅減少。現在基本上都生活在遙遠的海洋另一端，幾乎不會靠近陸地。」

「影兒，你好清楚喔。」

「……之前我來這裡時，館主告訴我的。」

人魚從游泳池探出身來，朝影兒伸出手，影兒便握住那隻手。接著，以不像他的淡然語氣繼續說下去。

「人魚是靠著唱歌與同族溝通，沒辦法說話。因此在這之前沒有人能明瞭她內心的想法，不過……」

「如果是影兒的黃金之眼，就能辦得到了。」

「……沒錯。」

「她在想些什麼呢？」

影兒略顯遲疑，但還是將手覆在黃金之眼上，把眼前人魚的心聲告訴我。

「她說……我好寂寞。好寂寞……絕對無法原諒你。」

……令人渾身不寒而慄。

我絲毫沒有想到，在眼前露出稚氣笑容的人魚，內心竟然是懷抱著這種情感。

「那是……什麼意思？」

「我沒辦法知道那麼多。我從她身上感受到的只有深海的景色、悶沉的水聲，還有從中隱約能辨識出的話語。」

話說回來，為什麼這隻人魚會待在這棟根本離大海不近的屋子裡呢？

如同影兒方才所說，過去曾有一段時期，因為傳說人魚的肉有不老不死的功效，人魚因而遭到人類濫捕。

人魚雖然算是妖怪，但與一般的妖怪種類略有不同，並沒有喬裝能力。不過她們擁有的靈力相當高，只要發現她們的蹤跡，就連普通人類也能理所當然地看見她們，加上其絕美容貌與歌聲互相輝映，所以觀賞用的價值十分高。

難道，這隻人魚也是……

「蕾雅是我買下的人魚喔。」

就在這時，傳來了石崎館主的聲音。我回過頭。

石崎館主由阿水推著輪椅，來到這座巨型水族槽。

「蕾雅？」

「是那隻人魚的名字。我取的。」

人魚蕾雅一看到館主，立刻從水池中跳出來。以為會臥倒在地板上，但她活蹦亂跳地急著往館主的方向移動。

她緊緊挨著館主的膝蓋，看起來滿臉喜悅地拍打尾巴撒嬌。

館主也輕輕摸著蕾雅的頭，神情透著憂傷，又似乎帶著幾分痛苦地凝視著她。

「我年輕時發生意外而失去一條腿，有一陣子十分消沉。當時有個認識的人邀請我：『想不想去看人魚？』」

依據館主的描述，過去會定期舉辦所謂的「人魚市集」。

有錢有閒的富豪們會去物色人魚，買回自家觀賞、或是作為招攬客人的稀奇玩意兒，而相信不老不死傳說的人則是為了人魚肉而購買……

這當然是非法的黑市，但聽說以前對販售妖怪的取締不像現在這麼嚴格，人魚的買賣在富豪與貴族之間宛如理所當然地橫行著。

「我一開始並不相信，但……實際被帶去了人魚市集，在那裡遇見了真正的人魚。那就是她。」

館主用他老邁的手，緊緊握住眼前名叫蕾雅的人魚的手。

在那次人魚市集裡，有好幾隻年輕女性人魚被關在狹窄的水槽中。

她們無所遁形地暴露在人類目光下，顯得極為害怕。館主如此描述。

那些與夥伴溝通而發出的鳴叫聲，聽起來像是悠美的「曲調」，因此人類強逼她們唱歌，作為一場惡質的表演秀。

人魚們的歌聲與外貌受到評比、進行拍賣。館主見狀無法遏抑地顫抖，但他流下淚水的同時，又因她們力抗命運般堅毅歌唱的身影而大受感動，深深受到吸引……

「坐在我旁邊的，是一位渴望不老不死，為求人魚肉而來的財團夫人。那位夫人看上蕾雅，打算要買下她。我想救她，這種說法聽起來好像是出於正義感……但以結果來說，我做的事情就是喊出高價與夫人競標，買下這孩子。那並非是能夠饒恕的行為。」

「……是呢。」

我的聲音不帶感情，僅回應這兩個字。

館主因我冷淡的語調而愣了一下，但隨即垂下視線苦澀地微笑、點頭。

「在那之前，我甚至從來不曉得這個世界上有妖怪存在。因此買了蕾雅之後，首先就是要調查關於妖怪的知識。該給她怎麼樣的生活環境才好呢？該吃什麼食物呢？要怎麼分辨她有沒有生病或受傷呢？我當時真的什麼都不懂。後來輾轉找到的，就是在淺草經營妖怪專賣藥局的水連醫生。沒想到居然連醫生本人都是妖怪……」

「啊哈哈。出於這類緣由找到我的人類，經常這麼說。」

阿水語氣開朗回道。我迅速將目光轉向他。

他似乎是注意到我目光中的含意。

「真紀，妳一臉想拷問我的表情耶。」

「你曉得的話，事情就簡單了。」

「真棒耶。真紀那種有點銳利的目光，好久沒有這種刺激感了～」

這男人以一貫的輕浮語調蒙混過去，但我的神情十分認真，甚至有些恐怖，所以他馬上收斂，開始說明他的想法。

「真紀，在這個世界呀，有所謂的因時地制宜這件事喔。對蕾雅小姐來說，既然事情走到這一步，這裡就是最安全的。人魚只有悄悄活在遙遠海域或是活在他人庇蔭之下這兩種選擇。館主好幾次想要送蕾雅小姐回到大海，甚至不惜費時調查安全的海域，花上了大筆資金。但蕾雅小姐本人用全身表達抗拒，所以沒有辦法呀。我也親眼見過好幾次那個場面。」

「……是這樣嗎？」

「那樣子簡直就像個耍賴的小孩子喔。拚命搖頭，用尾鰭不停潑水，失控地表達討厭、我不要。雖然我不懂人魚的語言，無法理解她內心真正的想法，但她不想離開這裡的心情，光用看的就能明白。」

蕾雅似乎明瞭這一連串對話的內容，嚇一跳地聳起肩膀，果不其然搖搖頭表示討厭。然後鼓脹起雙頰鬧脾氣，潛入流經地板的水池。

確實能感受到她不想離開這裡的意志。

「這樣說起來，你們剛剛稱呼蕾雅是夫人對吧？」

「啊啊……啊哈哈。我們雖然不是真正的夫妻，但已經在此扮夫妻家家酒好多年了。我完全迷上蕾雅，一直都把她當作自己的妻子看待，始終保持單身卻又無法與她結為真正的夫妻。可是這場夫妻家家酒就快到盡頭了。」

「……咦？」

在這個空間的前方擺著一架平台鋼琴，水池一直連通到鋼琴旁邊。

管家將館主連著輪椅推到鋼琴前方，替他調整高度。

「我雖然只有一條腿，但雙手可是很靈活的。」

接著，館主開始彈奏鋼琴。

蕾雅原本在地板上的水池自由游動，一聽到琴音連忙朝鋼琴游去。

然後跳進管家俐落地準備好的大水桶，待在能與館主相望的位置。

這時四處飛散的水花甚至濺到我們身上，頭髮和衣服都濕了……

其實也無所謂啦。

畢竟人魚搭著鋼琴旋律唱出的清亮歌聲，吸引了在場所有人的注意力，大家都聽到入迷。

那就是無法說話的美麗人魚，傳達自身想法的鳴叫聲。

我能從歌聲中感覺到，海上碎浪與海潮的氣味。

彷彿能看見在夜間寂靜海面的正上方，高掛著一輪明月。

這些幻影浮現在大腦裡，又隨即如同泡沫般消失得一乾二淨，一切都如此虛幻。

館主的琴音和蕾雅的歌聲不可思議地和諧，在這塊寬敞的方形空間中，兩人合奏的樂音甚至讓人感受到他們對彼此的信賴。

那或許是無法用言語溝通的兩人，僅限於彼此之間的對話方式。

正因如此，我充滿困惑。

買賣人魚是絕對不可饒恕的行為。

但是，我也能理解就如同阿水剛剛所說的，事情發展到這個地步，蕾雅待在這裡是最安心的。可是……

那剛剛影兒轉述的，關於蕾雅心境的那些話又該做何解釋呢？

我不懂，但非搞清楚不可。

「欸，影兒，借我黃金之眼的力量。」

「……茨姫大人？我……知道了。」

在悠揚柔美的旋律中，我握住影兒的手閉上雙眼，借用他黃金之眼的力量，希望將那隻人魚的內心世界映照在我眼瞼的內側。

『我好寂寞。好寂寞。絕對不原諒你。』

我確實從人魚蕾雅身上感受到這句話。

曾經在遙遠異國，夜晚的海。

蕾雅與姊姊們一起悄悄爬上岸、在沙灘上唱歌，所以遭人類發現，被抓起來關進狹窄的水槽裡。然後異國的妖怪商人將她連同姊姊們帶到遙遠的日本來。

剛被館主買下的時期，她對這個人非常戒備。

但是館主每天溫柔地對她說話，彈鋼琴給她聽，幫她打造了一個與大海同樣舒適的居所。蕾雅在不知不覺中，對於失去一條能行走的腿的這個人……敞開心房。

不僅於此。一旦發現自己喜歡對方，這份心情就再也無法停止，成為一份獨一無二的戀愛情感。

正因如此，她才會對打算將她送回大海的館主使盡全身力氣表達抗拒，繼續待在這裡。因為她的幸福，就是待在館主的身邊。即使館主一天天老去，那份心情也沒有改變。

可是某一天，蕾雅聽到館主這麼說。

自己已經活不久了。

館主生病了，只剩下不到一年的壽命。

『好寂寞。我不原諒你。我不原諒深愛的你……不要丟下我。』

藏在蕾雅純真無邪笑容底下的，是內心深處的不安與嘆息。

我真切地感受到了。

並且理解了。

這兩個人能相守的時光已然所剩無幾。無論是館主或是蕾雅，都十分清楚這點。

不要丟下我這句話，深深觸動了我的傷痛。

我感同身受。

這短短一句話有多麼沉重，我再明瞭不過。正因為與某個時期的自己重疊了，使我忍不住落下淚來。

沒錯。

妳是如此深愛著買下自己的館主呢……

「蕾雅……」

我張開雙眼，走近唱完歌的蕾雅，溫柔地緊緊抱住她。

「？」

蕾雅有些詫異，但仍展露出惹人憐愛的笑容，天真地嬉戲，頻頻輕觸我的臉頰，捲著我貓毛般的頭髮玩耍。

她為了避免讓快要離去的那個重要的人感到為難或憂傷，一直像這樣展露好像什麼都不知情的燦爛笑臉……只是，不停掩飾自己真正的心情。

這位人魚公主是如此勇敢地深愛著對方。

人類和妖怪生長的速度天差地遠。

館主過世之後，這孩子往後的日子還長得很吧。

據說人魚的壽命在妖怪中也算是長的。

所以人魚的肉才會成為不老不死的特效藥……

「……嗚。」

影兒突然衝出房間。

我先是嚇了一跳，不過他應該也跟我一樣讀取到了蕾雅的心思。

我領悟到影兒是發現了什麼、害怕著什麼、為了什麼而悲傷，才衝出這裡。

「真紀，去陪他。影兒大概是對這種感受最陌生的一個。」

「……好。」

我將小麻糬託給阿水，便追著影兒跑去。

立刻就發現在電梯旁邊，縮成一團坐在地板上哭泣的影兒。

「影兒，怎麼了？」

我在他身旁坐下來，柔聲問道。
影兒察覺我來到身邊，更是將原本環抱住的膝蓋更加抱緊。
「茨姬大人，是人類。人類、人類，連一百年都活不了。」
影兒連頭都沒抬。
「茨姬大人也會再次從我們面前消失嗎？」
他就是發現這件事，才按捺不住情緒吧。
我自己也快要哭出來了，但拚命克制住、毫不隱瞞地回答：「對喔。」
「影兒，我已經不是妖怪了，不會像你跟阿水那樣長壽。你們不會變老，但我會漸漸長大，然後慢慢變成一個老奶奶，就像蕾雅跟館主那樣，終有一天必須面對與你們分別的時刻吧。」
「……我不要。好不容易才又相遇，結果居然只有一百年。」
「影兒……」
一百年對影兒來說太過短暫。他的壽命比任何妖怪都要長，就算遭到殺害，只要自身沒有選擇死亡，就能夠永遠存活下去。他擁有這種程度的神格。
然而這對特別怕寂寞的影兒來說，是相當殘酷的命運。
「不過，我發現了一件事。」
「……影兒？」
影兒突然抬起臉。

他緩緩仰望昏暗的天花板，瞇細滲著淚水的金色眼眸。

「茨姫大人和馨大人，同樣都是人類。這點很令人欣慰。哪一個被拋下來獨自度過漫長歲月這種事……已經不會再發生了。」

「……」

「只要你們兩人能用相同的步調走過生死，這就夠了。會被拋下的是我跟阿水，這樣就好……」

影兒。深影。

他說的這些話多麼溫柔又悲傷呀。

不過，即便過著再幸福祥和的日子，總有一天我還是會再次拋下這孩子，這些眷屬與前眷屬，這是事實。

這就是轉世為人類所必須面對的命運。

與從前不同，對他們而言過早到來的離別，絕對會降臨。

「影兒，所以我想要獲得幸福喔。想在活著的時候，每分每秒都跟自己真正喜歡的人們在一起，一同創造許多回憶。如果有什麼是可以留給你們的……我想要留下這些美好的記憶。」

我緊緊握住影兒的手，將他的頭摟近自己。

我能趁活著時為他們做的，是什麼呢？

若說到長存於我內心的念頭，就是想在淺草為他們創造出一個即使有一天我不在了，他們也能堅強、幸福地生活的場所。

當然，如果他們能在其他地方找到自己的安身之處，那也很好。

但是在漫長的人生中，總有迷失、不知道自己該往何處走的時刻，如果那時能有個讓他們想要回去的地方就好了。

真希望他們能有一個安身立命之處。

『就算見不到我，聽不到我的聲音，甚至我離開了這個世界……你們也別詛咒這份命運，絕對不能糟蹋自己的生命，要為了你們自己堅強地活下去……』

我想起從前茨姬對他們說過的話語。

對長壽的他們來說，這句話根本就是不負責任、如同詛咒一般的話吧。

這一世……我要在最後一刻仍然保持笑容。

真真切切地讓他們看見，我度過了毫無遺憾的一生。

我深刻體認到這件事有多麼重要，必須堅強地活下去不可。

在石崎家洋館裡，阿水幫館主和人魚蕾雅診療之後。

「欸……阿水，石崎館主真的只能再活一年嗎？」

「嗯，從病狀惡化的情況來看，是這樣沒錯。」

「連你的藥都救不了嗎？」

「對於已經確定步向死亡命運的人來說，我的藥也是沒效的喔。而且石崎館主也已經接受自己的病況了。」

我們回家的路上順便去了迴轉壽司店，一邊各自挑選偏愛的壽司享用，一邊繼續傷感的談話。

第一次體驗迴轉壽司的小麻糬，興奮地「噗咿喔～噗咿喔～」直叫，影兒則是非常熟練地幫他拿煎蛋和鮭魚壽司。

我的話呢，表情雖然依舊凝重，但精打細算地淨是拿鮪魚腹肉與牡丹蝦這類金色盤子，還點了時價的海膽。畢竟阿水要請客……

「石崎館主過世之後，蕾雅接著要怎麼辦？」

「館主似乎想將她交給陰陽局照顧。聽說有個機構會保護過去慘遭濫捕的人魚，訓練她們重返海洋生活，但選擇在人類庇蔭下度日的人魚也不在少數。那孩子還有這些選擇喔。」

「……這樣呀。」

我聽了阿水的回答後，雖然還無法完全放心，但明白了石崎館主在與蕾雅共度最後這段安穩時光的同時，也比我們更加擔心、更加認真在考慮蕾雅往後的安排。

「嗯，我以後會更常來阿水店裡幫忙。」

「咦？什麼？想開始找工作了嗎？」

喜歡發光魚類的阿水，拿著沙丁魚壽司正要送進口中的手停在半空中。

「才不是。我很感激能在這個時代和你們在一塊兒，想說不要再整天窩在家裡打混，白白浪費時間了。」

阿水似乎立刻就察覺了我沒有說出口的真正理由。

他表情複雜地笑了笑，夾了幾片生薑。

「哇！茨姬大人要常來玩了～」

「哼，影兒，你剛剛還哭得亂七八糟，現在精神倒是很好嘛，而且還死命吃鮭魚卵。」

「噗咿喔～」

「啊，小麻糬第一次吃到鮪魚蔥花卷，好吃到嚇了一跳，魂都不曉得飛到哪兒去了。」

其實我現在還是因感傷而有些鼻酸，但或許只是壽司裡的芥末害的。

我不禁更加珍惜像這樣與好夥伴愉快度過的平凡日常。

那是茨姬過去所祈願的幸福之一。

第四章

馨成為小小真紀的保母

我的名字叫作天酒馨。

以一個高中生來說，我做過各式各樣的打工。一直相當忙碌的家庭餐廳打工直到最近，終於回歸平常狀態時，我又接到一份特別的打工。

「不愧是馨大人！空間感出類拔萃呀！」

「沒想到頭目居然能在畫背景的工作幫上大忙～一點就通，仍舊是聰明到有點多餘呀～」

「多餘是什麼意思，什麼多餘啦。」

這裡是野原莊一〇一號房，獸道姊弟的房間。

姊姊熊童子重視禮儀個性又穩重。

弟弟虎童子逗趣隨興但相當能幹。

在過去，兩姊弟是作為酒吞童子的左右手、勤奮盡心的忠臣，現在則是超級炙手可熱的雙人組漫畫家。

「話說回來，你們兩個明明是當紅漫畫家，為什麼要住在這種破爛公寓裡？」

「啊，其實我們還有另外一戶電梯大廈的房子。」

「原本會搬來淺草也是為了找題材跟轉換一下心境。而且專給妖怪住的公寓很少見呀。」
「這樣呀……」
這次，我就在這對富裕鬼獸姊弟的請求下，暫時擔任漫畫家助手。
我雖然不會畫漫畫風格的插圖，但從以前就一直有在繪製狹間的設計圖或是景觀草圖，他們就是看上這個能力，認為我應該能夠替漫畫畫背景。
時下漫畫家似乎多半用電腦繪圖，但虎和熊在創作漫畫時仍是以手繪為主，他們說只有上色時才會用到電腦。
「一直找不到新的背景助手，我們頭很大。」
「動畫四月要開播了，又有很多東西得畫……勞煩到馨大人，真不好意思。」
虎和熊略感抱歉，但我從剛剛就充滿感激。
「才不會，我反而覺得很是光榮，沒想到可以幫忙畫一直很愛看的你們的漫畫。而且薪水又比一般打工還好……」
「那是當然。既然是拜託馨大人幫忙，助手費自然也是拿出一百二十分的誠意。」
「熊，這樣不好意思耶。」
我嘴上雖然這樣說，臉上表情卻是樂不可支。
「可是呀～漫畫家助手這個工作相當辛苦喔～不曉得頭目可以撐多久……」
「喔，虎，你真敢講。我一定會好好做的。」

於是，熊跟虎各自坐回位置，我也在助手桌前坐下，與指派的資料大眼瞪小眼，淡淡地描起背景。

剛開始筆用不慣，著實苦戰了一陣子，但大概練習一小時後就習慣了。我的聰明才智和適應新工作的速度實在是一級棒。

我是虎和熊的漫畫的大粉絲，背景的氛圍也早就深深烙印在腦海中。

我要確實做好工作，成為他們的助力。然後在單行本最後面常有的特別感謝那一欄，刻下我的名字……

「啊啊啊啊啊，畫不出來。我畫不出來啦啊啊啊啊啊！」

「！」

「姊姊！姊姊，妳冷靜點！」

突然間，平常總是冷靜沉著的熊驀地失控，拿頭用力撞擊桌面。

「妳每次都因為畫不出理想的帥哥，情緒崩潰來不及完稿。」

「但是阿虎！我就是會想起我們剛出道時的事！那些人罵我們畫風老套，帥哥角色筆觸過重又粗糙……」

「姊姊！那些網路上的惡意批評，不能放在心上呀！禁止搜尋自己！」

「人氣排行老是落後，銷售量也不見起色，連載還被腰斬……」

「啊～～啊～～啊～～內心創傷、內心創傷爆發了～～」

「……」

我搞不清楚怎麼回事，不過漫畫家真是辛苦呢……

我都只注意到他們現今的成功，但一路上是經歷了無數辛酸血淚才有今天的成就吧。

這麼說來，獸道老師在這次改編成動畫的《妖王的弟子》之前，好像也有畫過其他校園戰鬥的作品。我記得最後是用「我們的戰役從現在才開始！」這句名言作結。

那個時期的畫風，或許筆觸確實還有些拙劣。

不過現在他們已經算是公認畫技高超的漫畫家了。

正因為走傳統和風路線，更襯托出手繪筆觸的魄力與溫度，原本看起來老派過時的畫風，現在反倒因為符合現今需求，受到廣大讀者支持的樣子……

「那些不甘心也會成為原動力。自那時起，我就卯足勁勤練畫技，研究現在流行的畫風，也慢慢開始能畫出受到喜愛的帥哥角色。儘管如此，離理想還差得遠了……所以，我的王，請擺出一個像帥哥的姿勢。」

「啊？」

「姊姊，這主意超棒。頭目的長相跟身材是還滿不錯的啦～雖然說跟以前的酒吞童子比起來，多少有點太瘦弱了。」

「喂，虎，那是什麼意思呀？」

熊和虎不知為何朝我步步逼近。

「馨大人，你脫掉衣服一下。」

「啊？」

「沒事沒事，只是要你露一點點而已啦～」

等等，莫名其妙，虎和熊到底想對健全的高中男生做什麼？

「啊啊啊啊！你們兩個給我住手！你們這些禽獸！」

不對，他們兩個本來就是禽獸呀。

他們三兩下就剝掉了我的學生制服，還解開裡頭襯衫的鈕釦，把我的頭髮稍微抓亂……

「好了，馨大人。請你去那張沙發上，拿出唯我獨尊的大爺氣勢，翹起二郎腿坐好，手擺在眼睛下方，再露出無敵的微笑。這是一個擁有特殊眼睛的中二病角色。」

「特殊眼睛是什麼？」

「擁有特殊能力的眼睛。說到特殊眼睛，馨大人也有。話說回來，這原本就是以酒吞童子為範本創造出的真實中二病角色。」

「可以不要這樣講嗎？我拜託你。」

眼睛擁有特殊能力的角色，在少年漫畫中確實有必要存在。

兩個人一直提特殊能力設定和中二病屬性，但我的「神通之眼」才不是這種貨色，才不是咧……

「馨～阿熊阿虎～我帶好吃的來慰勞你們囉～～」

「糟了，真紀！」

在這種時候，真紀帶著小麻糬突襲。

「……馨，你在做什麼？」

真紀……真紀用嫌惡的表情盯著擺出中二姿勢的我。小麻糬雖然與平常無異，但神情僵硬、眼神銳利。

「夫人，謝謝您送吃的過來～」

「啊，嗯。火腿炒飯是我做的，這個超辣麻婆豆腐和壽桃是阿水給的，是我幫他工作獲得的謝禮。麻婆豆腐淋在炒飯上做成麻婆蓋飯也很好吃喔。」

熊虎姊弟就這樣把維持這種姿勢的我晾在一旁，一臉興奮地看著真紀帶來的食物。

確實已經到晚餐時間，肚子餓扁了。

阿水雖然老是不正經，但他煮的麻婆豆腐真的十分道地又美味。

「我的話就只會用市售的麻婆豆腐調理包跟便宜豆腐隨便煮煮，但阿水會專程去豆腐店買豆腐，煮出飄散著花椒香氣、道地四川風味的麻婆豆腐。」

真紀打開保鮮盒，讓人飢腸轆轆的辛辣香氣都飄了過來。

「我要開動了。好辣，但有夠讚！」

「淋在炒飯上吃是對的，這個好吃……」

「喂喂，虎、熊，你們就丟著我不管喔！」

「……」

虎跟熊立刻開動。就算我喊他們，兩人依然沉浸在麻婆豆腐的美味中，根本沒在聽。

給我等一下，你們以前不是我的忠臣嗎？

不過我們從以前，上下關係好像就是這麼隨便。畢竟一開始相遇時，我們的關係與其說是君臣，更像是愉快的頭目和手下。

「馨，我會貼心得不追問你剛剛在做什麼，所以差不多該把衣服扣好了。今天很冷，你會感冒喔。」

「喔，喔喔。」

真紀幫我一一扣上襯衫釦子。

站在真紀的角度來看，這個行動只是出於擔心我穿太少。但我平常從來不會麻煩她幫忙換衣服，難得能受她照顧的感覺倒也不壞……

「頭目受夫人照料，一臉喜孜孜的模樣。」

「喂，阿虎，你這樣講也太直接了吧。」

「你們兩個少囉嗦。啊，不要全吃光啦！我肚子也餓扁了耶。」

熊跟虎都是不輸真紀的大食怪，原本分量充足的炒飯與麻婆豆腐正迅速減少。

結果大家就這樣一起吃了晚餐。

一邊吃飯一邊聽虎和熊哀號「好累」、「好想出去玩」這些喪氣話。

不管怎麼說，他們想必是累壞了吧。

「你們兩個已經做得很好了。這份需要強大毅力的工作，你們居然可以一日復一日地堅持下來，肯定也有畫到很鬱卒的時候吧。有沒有好好休息呀？」

「你們兩個平常都做什麼轉換心情呀？」

我跟真紀接連發問，兩人對望彼此。

「我們去。」

「舞濱(註2)。」

「……原來如此。」

去位於舞濱的那個夢想國度，忘卻現實的一切呀……

熊喜歡可愛角色，虎喜歡音樂和遊樂器材。

那裡確實是同時滿足了兩個人的需求。

「最近我們也會去河童樂園喔。那裡不僅便宜，懷舊的氛圍又很吸引人。上禮拜我跟阿虎才去過。」

「對呀，還不是姊姊堅持一定要買到情人節限定的手鞠河童玩偶，所以我們一大早就去排隊。」

「什麼？有這種東西？」

「沒錯，就是這個！數量有限，不過我順利買到了！」

熊雙眼閃閃發光地拿出情人節造型的手鞠河童玩偶跟我們炫耀。那隻擺出裝可愛姿勢的河童玩偶緊抱著一根巧克力香蕉，不，是巧克力小黃瓜。背甲是鮮紅的愛心形狀，大小跟真正的手鞠河童無異。

「怎樣說呢……讓人有種火大的感覺。」

「手鞠河童那些傢伙，很清楚要怎麼推銷自己耶……」

大家在河童樂園裡都一邊抱著這種玩偶一邊遊玩吧。好恐怖呀。

「姊姊她呀，從以前就喜歡這種圓滾滾又毛茸茸的小東西，所以家裡的玩偶越來越多，最近還買了一大堆給手鞠河童玩偶穿的衣服。」

「哦，有這種東西喔？那些傢伙明明都是全裸耶？」

「河童樂園每次有活動時就會販售，那些河童根本是輕鬆發大財喔，夫人。」

虎無奈地搖搖頭。

不曉得他是因姊姊熊的嗜好感到傻眼？還是對於生意頭腦發達的手鞠河童感到傻眼呢？

熊本人則是正著迷地盯著吃壽桃吃到雙頰圓鼓鼓的可愛小麻糬。她真的是對圓滾滾又毛茸茸的小傢伙沒有抵抗力耶。

不過熊的這種嗜好，居然會在意外的地方派上用場。當時我們還不曉得這件事情。

註2：舞濱為東京迪士尼樂園的所在地。

那一天，我整夜都待在熊跟虎那邊做漫畫助手的工作。

睡在暖桌裡的我，此刻慢慢清醒。

「……呼哇啊。」

幸好今天放假。三人協力完成原稿後，就像斷氣般沉沉入睡，現在都快中午了。

真紀昨天晚上留神避免打擾拚命趕稿的我們，將堆在水槽的碗盤洗乾淨，還幫他們洗了衣服，早早就回去自己房裡，不過……

「嗯？真紀有傳訊息來……咦？」

手機螢幕上顯示了大量來自真紀的未接來電與訊息。內容都很簡短，像是「馨，怎麼辦？」、「馨，快來！」等等。

我心想不曉得發生什麼事了，慌慌張張地衝出房間，跑到這棟破爛公寓二樓的真紀房前敲門。

「喂、喂、真紀！怎麼了！」

但就算敲門也沒有人應聲。到底是發生什事？我焦急起來，正慌亂地想著現在是該撞破門呢？還是想辦法用結界術闖進去呢？這時候——

喀嚓……傳來門開了的聲音。

我緊張地推開那扇門。

「……真紀？」

不過在玄關並沒有看見真紀的身影。

我衝進房裡找，但真紀果然不在。電視還開著，小麻糬正從暖桌中探出頭來看繪本。小麻糬有好好地在家裡呀……

「真紀，妳在哪裡？真紀！」

我掀起暖桌的棉被查看裡頭，還打開壁櫥檢查，依然都沒有發現真紀。

就算問小麻糬，他也只是繼續入迷地看著金太郎的繪本，沒有理睬我。他最近很熱衷於金太郎的繪本，不過金太郎這個角色的範本坂田金時，是我的宿敵之一耶！

「馨……馨……馨！」

「啊。」

我聽到真紀的聲音了。

到處都看不到，卻能夠清楚聽見她的聲音。我左右張望，突然感覺到有什麼東西在拉扯我的褲腳，便將視線往腳邊看去。

「這裡啦，這裡。馨，你沒有發現我嗎？」

「……真紀？」

我用力揉揉眼睛。

然後再度張開雙眼，睜大眼睛仔細一瞧。

咦……真紀，好小一隻？

「我難道是還在作夢嗎？畫了太多漫畫原稿，就連睡覺都夢到這種漫畫般的情節嗎？真紀變成手鞠河童的大小……」

「這是現實喔，馨。我真的變成這麼小了。」

真紀從我的腿爬上來，身影就像一隻手鞠河童。

我用雙手將小小的真紀捧起，舉到跟眼睛同樣的高度。

「真紀，真的是妳？」

蓬鬆如貓毛的頭髮、像貓眼般的大眼睛，都跟原本的真紀一樣，但就是小小一隻。她用手帕包裹著身體，可能是沒有尺寸相符的衣服吧。模樣就像個原始人。

「當然呀，馨。我早上突然覺得呼吸困難就醒了過來。想說發生什麼事，結果發現我被超大隻的小麻糬壓在下面，差點就要被壓死了！還想說小麻糬怎麼一天之內突然變成巨人，後來才發現是我變小。」

「所以才打電話和傳訊息給我嗎？」

「對呀。不過我想說你們昨天應該很慘烈，大概還在睡吧，所以中途就想說不要再聯絡了。」

「這……妳為什麼，在發生這種大事的時候！」

話說回來，真紀為什麼會變得這麼小呢？

小真紀一屁股在我的手心坐下，交叉雙臂。

「我猜的啦，但可能是因為藥品害的。」

「……藥？」

「我不是有說昨天去阿水的藥局幫忙嗎？那時小麻糬打翻了阿水藥房裡的藥瓶，我去收拾善後時有摸到藥劑。阿水說那是妖怪專用的藥，所以只要手洗乾淨就不會有事。」

真紀「嗯……」地沉吟著，看看自己現在的模樣。

「那個是靈藥喔，上頭有施加某種術法，原本只會對妖怪發揮效用，結果對我也起作用了。」

「那、那我們現在立刻去找阿水！」

那類靈藥很難處理。

特別是阿水那個傢伙的藥。

「啊，馨，沒用的。阿水的藥局今天沒開，他跟影兒一起去採購天然藥材了，明天才會回來喔。」

「什、什麼？那個傢伙～～」

變成迷你尺寸的真紀本人十分冷靜，我卻慌張地失了方寸。

真紀陷入不尋常的情況，讓我不安到難以忍受。她該不會越變越小，最後就消失不見了吧……

「哎呀，馨，你的表情真可愛，這麼擔心我嗎？」

小真紀側頭發問。

「當、當然呀……又不曉得妳能不能恢復原狀。而且這麼小隻很容易遇上危險，會被壓扁，或是遭到攻擊。」

「就算變小我還是很強喔！我有用棉花棒做揮棒練習。」

真紀拔出插在背上的棉花棒，使勁揮了幾下。看起來相當可靠。

「啊，住手！妳現在一副像要追著長毛象跑的原始人裝扮，動作這麼大……手帕會……啊。」

「啊。」

輕飄飄地……

那條輕薄的手帕鬆了開來，真紀幾乎要走光了。

我慌忙合住雙掌將真紀包在手心，維持這個姿勢跑出房間，直奔剛剛還待著的熊與虎的家。

「喂，熊、熊！」

我搖醒趴在桌上熟睡的熊，她應聲：「什麼事？我的王。」抬起身時，眼神銳利得就像一頭熊。

「熊，抱、抱歉，但出大事了，真紀變小了。」

「……夫人？」

真紀從我向前伸出的雙手縫隙間探出頭來。

老實說真的非常可愛，所以熊的臉色也漸漸柔和下來。

「唉呀、唉呀！夫人怎麼變成黃金鼠的大小了！三頭身的夫人，太可愛了！」

「熊，妳之前不是說有在收集給手鞠河童玩偶穿的衣服嗎？有沒有適合給她穿的？全裸實在是不太行，也會感冒的。」

「哈哈，原來如此，這種事就包在我身上。」

熊可靠地拍拍胸脯，在地板上某處踏了踏，腳邊就浮現一個四方型術式，那是一座小型狹間的入口。熊走了進去，我也隨即跟上。

熊童子也相當擅長狹間結界術，技術在所有夥伴之中僅次於我。

畢竟她可以算是我的頭號弟子。

「喔喔喔，原來如此。你們之前說收集了很多玩偶，我還想說房間裡怎麼沒看到幾隻，原來是都收在這呀。」

熊的狹間非常夢幻，大量玩偶整齊排在巧妙裝飾著寶石與貝殼的陳列架上，或者擺在模型尺寸的住家與庭院裡。

這個狹間是裝滿熊的夢想的寶箱。

「我記得是在這邊……有了有了。」

在放手鞠河童玩偶的區域，也擺了幾件替換用的衣服。

這個手鞠河童玩偶的背甲好像是磁鐵，可以拿下來幫它換衣服。就連背甲的花紋也可以依喜好更替，能夠打造出一隻自己夢想中的手鞠河童……

「夫人，這件怎麼樣？」

熊發現一件鮮紅色圓點洋裝，把它拿起來展開。

「啊，很可愛耶。」

「喂！真紀，不要亂動啦！」

真紀全身赤裸地就想爬出我的手掌，我慌忙把她遞給熊。

熊接過真紀，在我看不到的地方，幫真紀穿上紅圓點洋裝。

「像這樣幫夫人穿衣服，不禁讓我想起千年前的事。」

「真的，以前都是阿熊幫我換衣服的呢。啊，馨，你可以張開眼睛了。」

我剛剛一直乖乖閉著眼睛。

緩緩睜開雙眼，小真紀穿著亮麗的鮮紅圓點洋裝，模樣十分討喜。

「衣服有點大件，能不能給我一條腰帶？」

「當然可以，我用緞帶幫妳固定好了。」

熊拿出紅色緞帶，繞過雙手向上高舉的真紀腰際拉緊。

「馨，怎麼樣？可愛嗎？」

「嗯，還可以啦，像個洋娃娃。」

「平常我不會穿這麼夢幻的衣服呢。」

不過真紀大人實在是豪爽不拘小節，即使穿著洋裝，還是一口氣就跳到我腿上攀爬。嘴裡還嘿咻、嘿咻地喊著。不過這模樣也是……十分可愛。

「熊，謝啦。總算是能避免她光著身子到處亂跑。」

「小事一樁，馨大人。而且，感覺好久沒能幫上你們的忙了……我很開心。」

熊的眼眶微微泛起淚光。

千年前，總是她幫茨姬準備服飾，幫我挑選要送給茨姬的衣裳。

她真的是位溫柔、細膩又可靠的部下……

「噗咿喔～噗咿喔～！」

「啊，小麻糬在哭了！」

小麻糬的哭聲居然連狹間裡都聽得見，不愧是月鶇，啼叫聲相當驚人。

於是我們離開熊一手打造如同寶箱的狹間。

虎到現在還趴在沙發上，像死人般呼呼大睡。

從我雙掌間探出頭來的真紀朝他說：「阿虎，辛苦了。」

熊拿了一條毛毯，蓋在沉睡的弟弟虎身上。

我們回到真紀房間時，小麻糬依然「噗咿喔、噗咿喔」地哭個不停。

明明剛剛還入迷地看著金太郎的繪本，大概是突然發現我跟真紀都不在，一個人寂寞得受不了吧。

真紀從我手中跳下去，跑到小麻糬身旁安慰他。

「我在這裡喔。小麻糬乖，不要哭了。」

「噗咿喔～？」

小麻糬看到變小的真紀，就像看到喜愛的玩偶一樣緊緊抱住她，抽抽噎噎地哭著。看來就算小小一隻，他也認得出是媽媽。

唉，可是之後該怎麼辦呢？

阿水不在的話，那該找的幫手是……

「啊，真的耶。真紀變得好小，好可愛喔。」

由理在收到我的通知後，不到三十分鐘以內就趕到了。

這傢伙一看到真紀就捧腹大笑起來。

「啊哈哈……馨打電話來時一副要哭出來的模樣，我還以為發生了什麼事咧。」

「哪有，我才沒有要哭。還有這一點都不好笑啦。」

真紀把小麻糬的肚子當彈簧床跳來跳去，正盡情享受迷你尺寸的生活。現在好像只有我一個人在操心？

去。

「啊，草莓！」

真紀一眼就發現叶老師叫由理帶來的栃木縣草莓。她立刻爬上暖桌，抱起一粒張大嘴咬下去。

她今天只有吃玉米片，草莓酸酸甜甜的滋味和充足的水分讓她食指大動吧。

「幸好體積變小，就算想吃東西也吃不多呢。」

「馨，你那是什麼意思？明明我今天整天都是這副德性，很辛苦耶。」

「妳看起來不是滿享受的嗎？」

我拿起一顆草莓在真紀眼前晃來晃去，讓她追著四處跑。嗯……這樣好像有點好玩。

「拜託，馨，你不要拿真紀來玩啦。」

「可是她就像小動物一樣，一時忍不住……啊，痛！」

真紀緊緊抱住我手裡的草莓。

差點連手指都要被她拉斷了，痛痛痛……

「嗯……」

由理專心地觀察真紀，喃喃說著：「原來如此。」找出了結論。

「由理，什麼東西原來如此？」

「那個呀，真紀妳有發現自己現在是『喬裝成小尺寸』的狀態嗎？」

「咦？真的嗎？」

真紀驚訝地眨著那雙大眼睛。聽到這句話，我也是大感詫異。

其實，我跟真紀在還是鬼的時候，就幾乎不曾喬裝成其他事物過，所以不熟悉那種感覺。可是喬裝的天才「鵺」自然一眼就能看穿。

「我猜啦，真紀在水連的藥局摸到的那種藥，應該是施展了促使妖怪『強制變化』術法的藥劑。」

「強制變化？」

真紀抬起頭看我，我也低下頭望著她。

由理清了清喉嚨，替我們詳細說明。

「簡單來說，就是強迫妖怪行使變化之術的藥劑。聽說也可以指定要喬裝成什麼，還有要怎麼喬裝。」

「哦，也就是說阿水施了要強制喬裝成手鞠河童大小的術法在我碰到的那個藥囉。不過我又不是妖怪耶？」

「真紀的情況，應該是因為靈力接近妖怪吧。我認為由於妳是從妖怪轉世為人類的特別存在，所以藥劑才會發揮功效。就像明明是人類，卻能夠驅使狹間結界之術的馨一樣。」

「哦，你這麼一說，好像就能夠接受耶。」

對於由理的說明，我們聽得頻頻點頭稱是。

不過他似乎沒辦法解決真紀縮小的這個問題。

「我是不曉得藥效會持續多久，但等水連回來應該就能拿到恢復原狀的藥。在那之前，真紀妳就乖乖讓馨保護喔，食衣住行都要麻煩他了。不管真紀妳再怎麼厲害，這種尺寸很容易就被踩扁，跑到外面去也有可能被烏鴉叼走。」

「嗯，也是呢。那麼……馨，你要照顧我嗎？」

真紀不知為何雙眼閃閃發光地抬頭望著我。

這傢伙是怎樣，連這種小聰明都變得跟手鞠河童一樣。

不過確實，身體變得這麼小，就連日常生活裡都潛伏著各種危機。要是有東西倒下來把真紀壓扁，那可不是鬧著玩的。

「真、真拿妳沒辦法。真紀，今天妳就跟小麻糬一起來住我房間。明天帶你們去找阿水之前，就由我來照顧妳吧。」

「咦？真的嗎？」

「妳為什麼看起來有點高興？」

「因為你最近老是在打工，都不太有時間理我呀。我已經明顯缺乏馨能量了！」

「缺乏馨能量是什麼啦，我又不是維他命或鈣質。」

我一如往常地吐嘈真紀。

而真紀開懷笑道，氣勢十足地說：「差不多喔。我要補充馨能量——」

「呵呵，既然已經曉得原因，應該就不用那麼擔心了。」

由理說完便站起身。

「那我先走啦。式神有許多工作要做。」

「由理……你在那傢伙身邊，沒有亂來吧？叶感覺如何？」

我又再次站起身，攔住準備離去的由理問道。

「如何喔……就是平常那樣我行我素呀。話說，他的性格跟安倍晴明的時期感覺差不多。但那是自然而然，還是刻意展現的，我也摸不清就是了。只是叶老師的那些式神很難搞，好像運動社團一樣，上下關係分得很清楚。」

「唔哇，聽起來很麻煩。」

「那方面我就隨便應付一下，但作為叶老師的式神，還是得完成最基本的工作。畢竟他讓我去上學，就算我擅自亂晃也不會特別講什麼。今天也是說要來找你們，他就叫我帶一盒草莓過來。本來那應該是葛葉大人的點心。」

「……」

「該說是放任主義嗎？依然是個猜不透內心想法的人……只是，我覺得他這一世不是敵人。」

——這一世不是敵人。

由理似乎相當確定，露出他一貫的微笑，肯定地這麼說。

「那就明天見啦。」

接著他就走到陽台，化為妖怪模樣，飛上天走了。

有一根閃閃發光的半透明羽毛，飄落我的腳邊。真紀跑過去撿起來，拿在手中凝視著。

我——我們都漸漸注意到了。

由理的氣息一天比一天更像妖怪。

千年前鵺的靈力就是這種氣味，甚至有股懷念的感覺。像是想起早已忘卻的某件事那般，不可思議的心境。

他還是繼見由理彥的時期，果然是相當隱藏自己的本性。

現在不需要隱藏應該輕鬆多了吧。

還是，他到現在依然對人類有所留戀呢？

由理。不只是叶，就連你真正的想法我也摸不清呀。

那一天，我跟真紀一起去買東西。

當然她是躲在我胸前口袋只探出臉來，出一張嘴說想吃這個、要買那個。

幸好我胸前的口袋似乎還算舒適，她看起來很樂在其中。

晚上我代替縮小的真紀，時隔許久又站到廚房。

從剛剛就一直為了做出小飯糰而艱苦奮戰著。

「你不用勉強做飯也沒關係喔，不是還有剛剛買的吐司嗎？只要幫我拿出來，我就會像菜蟲一樣，從邊邊開始大口大口地啃。」

「那樣妳不方便吃吧，而且我想妳應該想吃白飯和蔬菜。」

「哎呀你好懂喔，講出我的真心話。」

不過要製作迷你尺寸的餐點，對我這雙男人的手來說有些困難。

我試著將燙好的青花菜、紅蘿蔔和馬鈴薯，還有撕碎的雞胸肉裝在小盤子裡，但看起來果然像是一盆飼料……

抱著青花菜一口一口啃的真紀，也像是某種小動物。

「啊，小麻糬！不可以挑食喔。不吃紅蘿蔔就沒辦法長成強壯的男人喔。」

「噗咿喔～」

小麻糬最近進入反抗期，毫不遲疑地搖頭抗拒。

他之前明明什麼都吃，不知何時起開始討厭紅蘿蔔和青椒。

真紀現在是迷你尺寸，就算嚴厲地說：「小麻糬，你一定要吃。」也效果不彰。小麻糬用他的鰭用力一揮，就把紅蘿蔔壓爛了。

晚餐這場混戰終於慌亂落幕，而洗澡又是另一項大工程。

「熱水的溫度還可以嗎？真紀大人。」

「還不錯啦，但好像不夠熱。」

「那是因為妳泡太久，水都涼掉了吧。」

我在浴室的洗手台裡放滿熱水，真紀就在裡頭泡澡。洗手台四周還用教科書圍出一座牆，從外頭看不見裡面。我實在是有夠紳士……

「呼～～神清氣爽。」

真紀套上熊拿來的娃娃用居家睡衣，從簡易浴室中走出來。

她喜歡在剛洗完澡時喝牛奶，所以我幫她倒進寶特瓶蓋子。

她用雙手捧著，大口暢飲。這女人還是這麼豪爽，瞧她現在一臉滿足的樣子……

小麻糬在我的床上揮舞雙翅，所以真紀也同樣跳上床。

「啊啊～是馨的味道。」

「住手，不要這樣拚命聞！」

我雖然也想罵她：「妳這個變態。」但真紀一邊確認氣味一邊像小蟲在我床上爬來爬去的模樣很有趣，我忍不住一直觀察。

「欸欸，馨，今天可以一起睡吧？我都變這麼小了，不會占位置的。」

「啊？妳在說什麼？要是我睡著時翻身把妳壓扁怎麼辦？我用面紙盒做一個小床給妳。」

我變得很神經質，拿起面紙盒給真紀看，還說明我會在這裡面塞棉花、鋪上毛巾。但真紀鼓起雙頰，大喊那樣不好玩。

「那樣我肯定會冷到睡不著啦，馨！我會孤單到睡不著的！」

「孤單什麼啦，明明每天早上我去接妳時，妳都還在呼呼大睡，根本起不來。」

「那是因為我知道你會來接我呀。啊～～啊～～我想要跟馨一起睡在被窩裡～～沒有靠在你身上我就睡不著啦！」

真紀在床上滾來滾去任性大喊。

是因為變小了嗎？她比平常還要任性。

不過……也是可愛到讓人忍不住原諒她。雖然我對太容易屈服的自己也感到有些火大。

「好啦，我知道了。那隨便妳愛睡哪就睡哪吧，但要是被我壓扁，妳可不准有怨言喔。」

我說出極為傲嬌的發言。真紀喜不自勝地跳來跳去。

「哇～～太棒了～～太棒了！沒問題，我知道你的睡相很好，反而要擔心我會不會自己跳進你嘴巴裡呢。」

「沒錯！這真的很讓人擔心耶！」

小麻糬差不多開始鬧脾氣了，我慌忙拿起他專用的毛毯把他包起來，讓他躺在床上。

我溫柔輕撫小麻糬趴睡的後背，他的情緒漸漸平靜下來。

「乖喔，小麻糬，我在這兒，你放心睡吧。」

「……噗……咿喔……」

真紀爬到旁邊，微笑凝視著我跟小麻糬。

「馨，你真是一個好爸爸耶。」

「假日都是我哄他睡午覺的呀。」

「呵呵，也是，你很熟練呢……哎呀，小麻糬已經睡著了，爸爸的大手讓人很安心對吧。」

我先從床上起身，重新拉好棉被，關燈後自己也躺下來。

憑藉著手機的燈光，小心翼翼地注意不要壓到真紀和小麻糬。

「真紀，妳也蓋好被……不然會感冒喔。」

「好～」

小小隻的真紀窸窸窣窣地鑽進被窩，尋找我的位置。

碰地撞上我的肩膀。

「痛。喂，真紀，不要咬我肩膀！」

「我想說不曉得這是岩石還是馨嘛。」

「當然是我呀。我的被窩裡要是有岩石還得了。」

「這是在展現我的愛意啦。愛意高漲時，就會很想要咬一口。」

「嗚嗚……妳這個鬼妻好恐怖喔。」

我渾身發抖，真紀從我的肩膀爬上來，在我胸口上趴下，攤平。

按照她的說法，是用全身在擁抱我。

「那個呀，是因為有馨你在，所以即使變成這麼小，我也不會害怕喔。」

「……嗯。」

「既可靠又雞婆，愛操心……但是馨，要是我永遠都這麼小，你會怎麼辦？」

真紀的問題突如其來，但我立刻小聲回答：

「跟小小隻的妳一起繼續生活吧。」

我們一如往常地聊了幾句後，睡意差不多來襲。

真紀或許是聽了我的回答後放下心來，在我胸口上沉沉進入夢鄉。

早晨我醒過來時，真紀還是那麼小隻，依然在我身上熟睡。

我睡著時居然完全沒有翻身，一直好好地將真紀擺在上方，可說是直挺挺地睡了整晚。

啊啊啊，我真是要誇獎自己……

「呼唔啊～」

真紀似乎醒了，我裝作還在睡。

結果真紀爬下來到我耳朵旁，用手啪啪地拍我的臉。

「起床了～起床了～馨。你怎麼連睡臉都這麼臭。你要是不起來，我就要用吻來喚醒你囉。」

「痛痛痛，我已經醒了啦。」

還沒施展早安吻絕招，她就先拍得我臉好痛。

童。

不愧是真紀，即使身體變這麼小隻，還是力大無比。

我扭動身子爬起來，低頭望著小小隻的真紀。她睜著圓眼抬頭看著我，尺寸仍像隻手鞠河童。

「還是這麼小隻，我還想說一覺睡醒後會不會恢復原狀。」

「哪有這麼好的事。那可是阿水的藥喔，不能小看。」

「是沒錯啦……」

小麻糬還在睡，鼻子上掛著一個漂亮的泡泡。

我打了個呵欠，爬出被窩，將真紀放在肩膀上走向洗手台。

快速洗好自己的臉，再用濕毛巾幫真紀擦臉。

「今天去學校前，先去阿水那邊吧。昨天打電話過去時，他一直嘿嘿笑，說有解除妳縮小狀態的藥。」

「這樣呀，那就放心了。」

早餐是我從便利商店買回來的球型甜甜圈、方塊狀的起司，我還幫她把蔬菜汁倒在瓶蓋裡。

真紀可能是肚子餓了，三兩下就吃個精光，還要求追加。既然她還有精神大吃大喝，那我就放心了。

我們先回真紀房間拿她的制服和書包。我一個人提著所有東西，還帶著真紀跟小麻糬，搖搖晃晃地朝位於淺草國際街阿水的藥局走去。

半路上還遇見一群手鞠河童正要前往合羽橋道具街。

他們再三左顧右盼，好像在戒備著四周動靜……

「啊？茨木童子大人變成小不點惹？」

「跟我們一樣大惹～」

手鞠河童一注意到我們，就立刻聚集到我腳邊。他們不曉得真紀為何會變成這副模樣，直接放棄思考淨講些沒內容的話……

「你們平常都大搖大擺地在淺草街頭亂晃，今天移動時看起來倒很戒備耶？」

真紀似乎也注意到了，從我的肩膀上跳下來，混進那群手鞠河童裡。她看起來就像是一隻紅色的手鞠河童。

「啊～我們最近遭到濫捕惹。」

「濫捕？」

「我們手鞠河童作為賞玩用的妖怪，一隻可以賣一千到三千日圓呀～」

「價格會依背甲的圖案跟顏色不同。」

那群手鞠河童互望彼此，頻頻點頭應聲：「是呀是呀。」

「不過最近還有其他各種用途，不要看我們小小一隻，其實蘊含了豐富營養喔～」

「聽說最近有研究顯示，對於那些遭到人類奴役的妖怪，我們是上好的靈力補給食物。」

「作用大概就像手機遊戲的強化用妖怪吧～」

「……那、那是什麼意思？」

不過這真是很過分耶。

那群手鞠河童可能是想起什麼恐怖的事，一隻接一隻發起抖來。

「人類設下陷阱。我們為了避免掉進去，都集體行動，大家一起戒備。」

「不過有時候反倒會一整群全上鉤～」

「遭到大量捕獲，整批販售，隨便消費惹～！」

淺草是由淺草寺領頭鎮守，還有淺草地下街守護著。

正因如此，就連弱小妖怪都能在這兒討生活，是以妖怪最能安心過活的土地聞名於世。

盜獵者也抓得很嚴格，絕非有心人士能輕易闖進來的土地才對……

聽了那群手鞠河童的話，真紀那張迷你臉蛋神情認真。

「這麼說起來，風太有說過淺草結界似乎有異常，而且現在連淺草地下街也吵個不停。」

「那我們也幫忙比較好吧……這麼重要的事，大和為什麼不找我們商量？」

「應該是組長不想把我們牽連進去吧？」

確實，淺草地下街妖怪工會的最高負責人大和就是這種人。

但至今為止多多少少也會跟我們商量一下的……

真紀再次從我的腿爬上來站到肩膀上，低頭望著那群手鞠河童，發號指令。

「聽好了，手鞠河童們。你們之後就盡量從狹間移動。人類要進入狹間沒那麼容易，就算真的闖進去，淺草的狹間就像迷宮一樣，老實說是最安全的。」

「啊，還有這個方法呀～」

那群手鞠河童一副放下心中大石的表情，紛紛走進附近凌雲閣遺址的狹間裡。老樣子是一群沒辦法保持緊張感的傢伙耶。

千夜漢方藥局。

儘管才一大早，但掛著陳舊看板的這間店已經開始營業了。我推開門，門上掛的鈴鐺叮鈴作響。

阿水似乎一大早就開店，等著我們過來。

「歡迎光臨。哎呀，真的變好小一隻。真紀妳好可愛喔喔喔喔！」

阿水被小小隻的真紀迷得神魂顛倒，還戳戳她臉頰，興奮得要命。

「你給我聽好，快點讓真紀恢復原狀，都是你藥沒收好才會發生這種事。」

「我～知道啦。真紀的老公大人老是這麼愛操心呢。」

阿水一臉受不了地搖搖頭，小心地用雙手將小真紀捧起來。

接著，不知為何他把真紀放在一個老舊天秤上。真紀任他擺布，但我立刻出聲抱怨：「阿水，你幹嘛量少女的體重啦。」

「說是少女，但真紀現在可是超迷你尺寸喔？嗯，剛好一百公克。太厲害了，我調的藥連指定的公克數都能完美實現。」

「由理說那是強迫妖怪喬裝的藥物。」

聽到真紀的這句話，阿水不由得露出微笑，推了推單片眼鏡。

「不愧是鵺大人，說的沒錯。真紀摸到的那種藥，就通稱『強制變化藥』。」

「不就按照字面取名而已？」

「謝謝你的吐嘈呀，馨。這是能夠誘發妖怪的喬裝能力，強制喬裝成『某種模樣』的藥劑。當然依據想要達成的模樣，要隨之調整藥材，而真紀摸到的那個強制變化藥，裡面加了妖精的羽毛。」

「……妖精的羽毛？」

阿水旋轉櫃台內側的架子，將妖怪專用的藥架拉到正面，從架上取出一個大瓶子，裡面放著幾根半透明的羽毛。

「這就是妖精的羽毛。風妖精這種西洋妖怪會定期換毛，脫落的羽毛是極為珍貴的藥材原料。啊話說在前頭，我可是直接跟我的風精靈顧客買的，沒有做違法勾當喔。」

「又沒人問這個。」

「不是，這個一定要先講清楚呀，馨。最近交易價格高的妖怪很容易成為狩人的目標，實際上也有一些違法業者和術師跟那些傢伙買呢～」

阿水隨口說出的「狩人」這個詞，讓真紀也有所反應。

最近淺草開始有狩人出沒，這件事凜音也有說過。

難道手鞠河童的事也是……

「所以咧，真紀碰到的那個強制變化藥，裡頭也有加妖精的羽毛。一旦加了這個，能強制他們變化成妖精尺寸的『某種模樣』。至於連公克數都能指定，就是我作為藥師技術高超的緣故囉。」

阿水一副得意洋洋的神情。不過我和真紀異口同聲地發問：「那可以幹嘛？」

「咳咳，算了，你們兩個呀～不懂這到底需要多麼高超的術式啦。那我們進入正題好了，要解開真紀的這個『強制變化』，以妖怪的方式來講就是必須要剝除『喬裝的那層皮』不可。不過要是來硬的，會對真紀的身體造成負擔，所以又需要另一種藥……」

「阿水，這個——」

剛好這時，園丁打扮的影兒從屋子後方的門拿著一小盆植物走過來。那個盆栽上連一朵花都沒有，只有不起眼的葉子。這個是……艾草的葉子？

「啊！是馨大人！」

「呦，影兒。」

「茨姬大人……啊啊，真的變小了耶！好可憐喔。」

影兒眼眶泛淚，與坐在天秤上小小隻的真紀四目相交。

這反應跟阿水真是天壤之別呀。

「不過沒問題，只要把用這個『甘露艾草』煎成的藥喝下去，馬上就會恢復原狀了！我每天都有好好幫它澆水喔。」

影兒刻意清清喉嚨，真紀捧場地稱讚他：「影兒你好棒喔。」令他更是滿臉得意之色。

「這個乍看之下就像一般的艾草，但甘露艾草只有妖怪或靈力高的人類能找到。千年前在各地山野都有，但最近非常稀少，所以我現在從業者那邊進種子，在自家菜園栽種。」

「這麼說起來，甘露艾草煎的藥，好像有解除身上的簡易術法與咒語的效果，對吧？」

「沒錯，馨你記得很清楚耶。至於能解開什麼程度的術法，則是看藥師的能力。我調的強制變化藥，用我煎出來的甘露艾草立刻就能藥到病除。畢竟這些都在施術時就設計好了。」

於是阿水嫻熟地用小鍋子熬煮甘露艾草。

經長年使用、外觀陳舊的妖火燈上的火焰，讓真紀目不轉睛地盯著看，不自覺一步一步靠近。

「火焰，今天看起來好大喔……」

「對吧。話說妳不要太靠近喔，會變成火球喔！」

我抓住看到火焰就興奮的真紀腰際的緞帶把她拉回來。

危險、太危險了。

「好～煮好了。加牛奶喝滿好的喔。」

阿水用滴管各吸了半管甘露艾草汁與牛奶，再用手指彈了彈管壁，讓兩種液體混合均勻，拿到真紀嘴巴旁邊。

真紀舔了一滴那個液體。

「隱約帶著一點苦味……但甜甜的很好喝，有種令人懷念的樸實香氣。」

她放下心來，雙手撐著滴管口開始大口吸允起來。

阿水看著像是剛出生小動物的真紀，發花痴地扭來扭去喊道「太可愛了～。」那副德性在我眼中實在太過噁心，因此我用看著垃圾般的冰冷視線狠狠瞪著他。

「啊，身體好像有反應了！」

「啊？沒問題吧？」

「沒問題啦，馨，你看……」

如同阿水所說，真紀身上漸漸開始出現要恢復原狀的徵兆。

就像妖怪變身時那樣砰地冒出一陣白煙，她回復到原來的大小。

不過當白煙逐漸散去，越來越清晰的真紀的……

「啊！」

我大叫一聲，趕緊在真紀四周做出一個更衣室（結界），遮掩真紀一絲不掛的身體。

「呿，老公的防守太堅固了……」

「阿水你這混帳，是故意的吧！」

我一把揪住阿水胸口衣服，用力前後搖晃他。實在是個不能大意的傢伙！

「馨～制服給我～」

「啊，好。」

我將制服丟進真紀待著的結界內側，她很快便穿好衣服走了出來。

她已經回復原本的大小、原來的模樣，略微伸展身體。

「啊～變回來了。給大家添麻煩了，謝謝。」

看見真紀無敵的笑容，影兒「哇～」地歡呼，開心地將小麻糬舉上天，而阿水那張不正經的臉也露出滿足的笑容。

而我，現在表情可能有點疲憊。一方面也是終於能夠放下心來。

真紀看到我的神情說道：

「馨，讓你操心了呢。」

「妳……有沒有哪裡不對勁？」

「沒有，都跟以前一樣喔。明明是人類卻能體驗喬裝變小，其實還滿有趣的。而且你也在，還讓你照顧我。抬頭仰望時你看起來是個大帥哥喔。」

真紀露出一如往常、精神飽滿的笑臉。

或許對我來說，那張笑臉就是最好的「解藥」吧。

「你們兩個，要打情罵俏等到學校再做。再不趕快去上學，又要遲到囉。」

阿水開口催促，我趕緊抓起書包。

「真紀，趕快！現在還勉強能趕上。」

「啊，要不要我用飛的送你們過去？」

「影兒真的嗎？那真是幫了大忙！」

在屋頂，我們爬上化身八咫烏模樣的影兒後背，往學校方向飛去。

回頭望去，可以看見阿水抱著小麻糬目送我們，大喊：「路上小心。」

「欸，馨。」

「怎樣？真紀。」

「我們真的很幸福耶。千年前的羈絆，一直到今天都還守護著我們。」

真紀綻開與平常略顯不同、彷彿往昔茨姬的優美笑容。

憑藉著舊日夥伴間的情誼，借助他們的稀有能力，我跟真紀一一克服不可思議的各種狀況，

在淺草這個街區生活著。

往後也會一直住下去。

〈裡章〉熊童子，跟弟弟一起守護王與夫人

我的名字是熊童子。

人類身分的名字則是「獸道熊子」。大家都叫我「熊」。

過去是在酒吞童子大人身邊輔佐他的左右手，四大幹部之一。

有一天，我的王——酒吞童子大人的夫人身體縮小了。受到馨大人的委託，我從平常收藏的玩偶衣物中，挑選了一件適合夫人的鮮紅圓點洋裝。

夫人吃下她過去的四眷屬之一——水連的藥之後就恢復原狀了。隔天晚上還拿著洗乾淨的玩偶衣服和一些菜過來。

「昨天謝謝妳，阿熊。你們現在工作正忙，真是麻煩妳了。我拿了馬鈴薯燉肉、青花菜美乃滋涼拌過來當謝禮，你們拿去配飯吃吧。」

「夫人，謝謝您這麼費心。身體有沒有哪裡不舒服？」

「嗯，我自己是覺得還滿有精神的。但阿水說會有一陣子靈力容易混亂、敏銳度下降，要我小心一點。」

「……這樣呀。」

「馨今天也有來阿熊這邊打工吧？」

「對，他在裡面。我們又麻煩他做這種苦差事……真不好意思。」

「不會啦，盡量使喚他吧。我想他也很開心可以幫上阿熊跟阿虎的忙，就好像以前你們三個一起建造狹間之國的根基一樣，現在則是在畫漫畫，一切真不可思議……」

「只是理想國度的形式改變了，全心全意製作的誠意是一樣的喔。」

「呵呵，或許是這樣呢。」

然後夫人就說：「小麻糬還在等我。」便回到這棟公寓二樓的房間去了。

那些菜還冒著熱氣，應該是剛做好。

想必夫人是一從學校回來，就立刻開始煮了吧。

她從以前就是這樣，外表看起來豪爽但其實禮數端正又重情義，而且還非常討人喜歡。

正是我們「獸道」所描繪的少年漫畫《妖王的弟子》中的主人翁——恩季。

以夫人為範本所創造出來的，主角中的主角。

「啊啊，熊，真紀剛剛有過來嗎？」

「是的，馨大人。她拿娃娃的衣服和一些菜過來。」

「肚子餓了～我肚子好餓～好香喔～～」

「阿虎，趁熱吃吧。」

「可是、可是吃了東西就會想睡覺～啊……但好想吃呀～」

阿虎頻頻瞄向夫人剛剛拿來、裝著料理的容器，不停掙扎到底是要吃還不要吃。我看不下去，就將阿虎的份盛到小碟子上。阿虎見狀便拿一盒速食飯去微波，老老實實地吃起來。

這種時候要是我不幫他盛好菜，阿虎到畫完原稿前都不太吃東西……真是個要人操心的可愛弟弟。

「馨大人，您也自己找時間吃飯喔。人類跟我們妖怪不同，身體不太耐操。」

「沒事，沒問題的，熊。我只剩下一些……」

馨大人的集中力也是相當驚人。

不愧是過去不斷精進自身的結界術，克服無數困難打造出理想國度的王……

那不是一般程度的技術與集中力。

「馨大人，你在學校的考試成績應該滿好的吧？」

我隨口問了一下，馨大人一臉「怎麼突然問這個」的表情。

「那個喔……算還不錯。啊，說起來有點難為情，但我在總分上老是贏不過由理。」

「鵺大人也是特別的。不過呀，馨大人，你平常四處打工，肯定是很擅長在短時間內集中精神念書吧。」

「算是吧。像是利用空檔寫個作業、翻一下課本，還有就是早起趁頭腦清醒時，專心念點書。」

「頭目，你還是這麼認真耶～」

「……虎，你最近都叫我頭目耶。」

「啊，這麼說起來倒是耶～從頭目叫到王，再從王叫到馨大人，不過這次又從王改成叫馨大人，然後再換成頭目……隨著時間流逝，連稱呼方式都會隨之改變，而且不知怎地還會回到原點，真是不可思議～像我就一直都叫虎呀。」

阿虎並沒有覺得這樣有什麼不好吧。

不過確實我們在不同時期會用不同的方式稱呼酒吞童子大人，搞得現在反而不曉得該怎麼叫他才好。

我們跟轉世投胎過的馨大人他們不同，我們的記憶是從千年前那時開始，一路延續至今的。

因為中間有一段遭到封印的漫長空白，有時會感覺千年前就好似昨天的事一樣……

「頭目……您還記得當初把我跟姊姊從那個奇珍異獸秀救出來的事嗎？」

「……虎？」

阿虎語氣難得認真地問馨大人。

那副神情看起來甚至有些許落寞。

馨大人停下繪圖的手，回應過去總是一塊兒行動的手下阿虎的問題。

「當然記得呀。那時候虎跟熊都還很幼小，而且渾身是傷。你們從異國被抓來，常常有一餐沒一餐地，被關在狹小的柵欄裡……如果不乖乖聽話，就會被毒打一頓。千年前的人類比現代人更常擁有『能看見妖怪的眼睛』，所以有不少人捉到像你們這樣的珍禽異獸後，就拿來展示賺錢。」

馨大人想起了那個時代中，不停遭到無情對待的現世妖怪……

他臉上的表情看起來像是如此。

○

在千年前的平安京。

我們鬼獸，其實是人類女子跟妖怪結合生下的半妖。

我們被母親和她的家人賣掉，被人類們從大陸帶過來，在遭到無情鞭打的虛弱狀態下被展示著。

原本熊童子與虎童子並非真正的姊弟。

在被抓到奇珍異獸秀的過程中，我們向彼此敞開心房結拜為姊弟。相互依偎、彼此鼓勵，拚命找出活下去的意義。

不過當時我原本應該會死掉的。

奇珍異獸秀的那些人類原本打算在節目最後，將靈力不足、日漸衰弱的熊童子處以殘虐極刑，作為整場秀的高潮。

虎童子對此激烈反抗，咬死了幾個秀場的人類打算帶我逃跑。不過平安京當時有幾位專門討伐妖怪的武將與陰陽寮的陰陽師，我們兩個受到他們包圍無路可逃……

「姊姊，妳把我吃掉然後逃走吧，我已經撐不住了。」

「虎，你說這什麼傻話。我不要。逃離人類，在這種汙濁天空下獨自沽下去，我不要……」

平安京的天空很混濁。
就算苟延殘喘地活下去，似乎也找不到能安身立命的避風港。
我們姊弟既然逃不了，乾脆一起死。當時被逼到無路可退，正打算互咬對方的身軀共赴黃泉。不過……
「別死。跟我來。就算是妖怪，也有選擇死亡場所的權利。」
拉開我們、說出這句話的，就是當時被譽為平安京最強的鬼——酒吞童子大人。
他一把抱起我們，輕鬆解開極為複雜的平安京結界，瞞過追兵順利逃走。
後來我們就在酒吞童子大人的照料之下，獲得了充足的食物漸漸回復靈力。
有選擇死亡場所的權利——
酒吞童子雖然是這麼說，但那句話裡也蘊藏著「壽終正寢的幸福死亡」的含意。他對於妖怪光是因為身為妖怪就枉遭橫死這件事，打從心底無法接受。
或許，他曾親眼看過無數妖怪冤枉慘死。
等到我們恢復精神時，已經對酒吞童子大人這位鬼崇拜到五體投地，我跟虎都決定要成為他的手下。
雖說是手下，但酒吞童子大人從以前就是那種個性，也不太會在我們面前擺架子，雖然是鬼卻質樸又不矯飾。只是將我們當成同甘共苦的夥伴，放在身旁。

有一段時間我們三人替大江山建構邊境，收容走頭無路的妖怪，每天拚命為了生存而努力。

沒錯。

酒吞童子大人當時就已經是位五官深邃、百年難得一見的美男子。但他對於女人一點興趣都沒有。不，反倒可說是害怕極了，那真是唯一美中不足之處。

當初就連我靠近他，他都會拉開距離。

不過我已經有最愛的弟弟虎了，也不曾對酒吞童子大人送秋波，所以他後來就漸漸能放鬆與我相處。儘管如此，他基本上還是討厭女人。

就連我提議，既然他已是大江山妖怪的頭目，不如娶個新娘的時候……

「不要，好恐怖。」

他竟然說出這種丟臉的回答。難以想像一個統帥群妖的頭目居然會是這種膽小鬼，我只能搖搖頭。

他過去到底是在女人身上遇過什麼創傷呢……阿虎彈奏琵琶哀嘆道：「頭目好可悲呀～好可悲呀～」

可是有一天，酒吞童子大人變了。

每天晚上都不曉得溜到哪兒去，天亮後就帶著一臉作夢般的迷濛神情回來。

「這肯定是戀愛了。」

「阿虎，那是真的嗎？」

有天我跟阿虎就偷偷跟在酒吞童子大人後頭。

結果發現頭目真的是每天跑去一個年輕人類姑娘的家裡。

頭目的春天終於降臨了！哇～哇～

我跟阿虎歡天喜地……可是——

仔細觀察一陣子後，發現他根本是單相思。

晚熟的頭目根本觸碰不到那個姑娘，也沒辦法把人家擄過來，只能痴痴坐在枝垂櫻樹上遠望著人家……

多麼可悲呀。多麼有毅力呀。然而又多麼地悲慘呀。

這實在太符合頭目的風格，但作為一個鬼，實在不知道該如何說他才好。

我們一直在暗地裡替他加油。某一天頭目回到大江山的祕密基地時，神情喪氣到令人不忍卒睹。

「啊，這肯定是失戀了。」

阿虎發表結論。

聽說是因為酒吞童子大人頻頻造訪，他的意中人就被交託給那個大陰陽師安倍晴明了。

啊……那樣就沒轍啦。

沒錯，正如阿虎所言。頭目實在是一向都運氣不好呀。

——然而轉機降臨了。

酒吞童子大人的心上人——茨姬大人變成鬼、被關在地牢裡的消息傳到大江山來了。

酒吞童子大人下定決心，將茨姬大人從地牢中救出來，擄到這座大江山來。

那就是我們現在的夫人。

後來作為茨木童子名震天下，變成酒吞童子大人妻子的那一位。

〇

「啊，頭目在打瞌睡了。」

「喂阿虎，不要戳馨大人的臉。他是為了我們的漫畫耗盡全力，累壞了吧。」

「最後為了更逼真地畫出過去的大江山與宮殿，甚至還拿出密技驅使結界術和靈紙來輔助。多虧他，這一回明明是浪漫喜劇，卻有了超級豪華的背景。好好把工作做到盡善盡美之後才肯睡覺，這一點真有頭目的風格呢。」

阿虎輕輕拿起毛毯蓋在熟睡的馨大人身上。就在此刻——

朝著這個方向傳來一股極為細微的殺氣。

我發現了。阿虎也是。

「又來了，姊姊。」

「最近想靠近這棟野原莊的惡質妖怪真多耶……有壞東西跑來了。」

「哦～那個是……來飛蛾撲火的早春蟲兒呀，姊姊。」

阿虎的眼神驀地變色。

我側眼看著他的變化，出聲問：「走嗎？」答案我當然很清楚，只是姑且問一下。

「當然呀，姊姊。想威脅頭目與夫人安穩生活的混帳全都是敵人，不管哪個都格殺勿論。」

「……沒錯，阿虎。要是這一世又不能守護那兩位的周全，我們到底是為了什麼活到今天，還像這樣重逢的呢。」

於是我們在疲憊熟睡的馨大人發現這股氣息之前，悄悄走到陽台打開收納用的結界，拿出昔日各自擅長的武器。

阿虎抓起棘棍棒。

我則拿出大斧。

這些是在過去憑藉狹間之國的製鐵技術所打造出的鐵製武器。

不知為何，當初這些東西也跟我們一塊兒被封印。

那傢伙拖著長長的尾巴，侵入這棟野原莊的範圍，從二樓最邊間的窗戶偷偷朝內窺視。

那是夫人的房間。真是隻不知死活的妖怪呀。
「惡妖化的蛇骨……」
「哦，看來是太遲了。」
我們各自扛著武器，站在野原莊的屋頂上。
想來我和阿虎都用極為冰冷的目光低頭望著那隻可悲的惡妖。
蛇骨，正如其名是蛇的骨頭外貌的妖怪。
全長大約有十公尺左右吧。
牠是渴求茨姬大人……夫人的血肉，才到這兒來的吧。還是受到誰的唆使呢？
蛇骨將巨大尾骨朝我們甩來。
不過在它橫掃到這棟破爛公寓前，阿虎就雙手合掌，驅動術法。
「開啟。狹間結界。」
景色驟變，狹間朝四面八方延伸。
那是山毛櫸茂盛生長的山林。沒錯……是往日的大江山。
阿虎模仿他最愛的那座山所製作出來的狹間。
蛇骨因眼前狀況心生畏懼，拖著巨大身軀想要逃跑，並嘗試咬破狹間結界。他似乎曉得這個術法的存在，不過……
「怎麼可能讓你溜走。」

「別看我們這樣，可不好應付喔。」

這裡是我們最熟悉的舞台——大江山。

蛇骨在山毛欅樹林中力道強勁地穿梭逃竄，我們緊追在後。

我們可是森林的野獸。蛇骨的頭蓋骨一進入視線範圍，我們就立刻揮下手中武器，毫不留情地將牠的弱點砸個粉碎。

「……」

片片碎裂的骨頭四處飛散。

如果是那一位，肯定會連悲慘的惡妖都想出手拯救吧。

不過我跟虎是不會猶豫的。

酒吞童子大人。頭目。我們的王。

他唯一鍾愛的夫人。

經歷了生死訣別的兩人，於今世再度相會過著安穩的生活。當我們得知這件事時內心極為歡喜，彷彿終於獲得救贖。

狹間之國滅亡的結局，我們從來不曾忘懷。

都是因為當初救了那隻女狐狸才招致滅亡，我們根本忘不了。

失去的時光如此沉重，我們沒有一天不感到懊悔。

正因為如此，正因如此——

最該優先守護的，就只有那兩位。
漫畫是手段之一。
用故事來守護王與夫人的尊嚴，他們的人身安全則由我們從旁保護。
盡全力守護。這一世一定要守護到底。
他們不忍心做的事就由我們來代勞。
「……欸，姊姊。」
碎骨漫天飛散的另一頭，阿虎透著銳氣的獸眼緩緩平穩下來，解開了狹間結界。
接著他在模樣與平常沒有絲毫改變的野原莊屋頂上，一屁股坐下來。
「我們死亡的場所，究竟會在哪裡呢？」
我們始終難以忘懷酒吞童子大人說的那句話，直到今天仍在尋找那個答案。
即使耗費漫長歲月不斷徬徨，仍然尋不得那個答案。
「在盡力守護那兩位作為人類短暫虛幻的一生後，再來慢慢想吧。我們絕對不能先倒下。」
我如此答道。找尋死亡場所這件事還不急。
阿虎側眼瞥了我一眼後，輕快地呵呵笑起來。
變回平常的阿虎了。
「說的也是～在漫畫完結前突然翹辮子的話，怎麼對得起廣大的讀者呢。」
「就是說嘛，現在正是改編成動畫的關鍵時期，誰還有那種閒功夫去管死亡場所呀。連受傷都不可以喔，阿虎。要是停刊肯定又會在網路上被抱怨。」

「姊姊，妳就是太在乎那一小部分的意見了～」

我們挨近對方，自然地擁抱在一塊兒，相互拍拍對方的後背、摸摸對方的頭玩了起來。

彼此都拚命按捺住想要流淚的衝動，同時也能懂對方的心情，相互安慰著。

等情緒平復後，我們輕手輕腳地回到陽台，把武器放回收納用結界踏進房間。

沒想到馨大人已經醒了，正有些昏沉地等我們回來。

「我睡到不省人事的期間，好像麻煩你們了呢，真不好意思。」

他用那對神通之眼，看見一切經過了吧。

「馨大人說那什麼話呀。我們可是酒吞童子的左右手喔。」

「這只是小菜一碟～」

馨有些歉然地笑了。

那副神情宛若往昔的酒吞童子大人。

在千年以前，酒吞童子大人曾經說過，就算是妖怪也有選擇死亡場所的權利。

那句話真正的涵義，以及那有多麼困難，到今天我們已經非常清楚了。

妖怪的力量越是龐大，要麼越容易遭人類追殺，要麼得拚命設法存活下去。

「……」

這位大人會有一天再次為妖怪挺身而出嗎？

為了迎來與千年前不同的結局所需要的那些必要條件，我跟阿虎——大概茨姬大人的眷屬們也是，至今都努力尋找著。

欸，酒吞童子大人。

我們能幸福死去的場所，究竟會在哪兒呢？

我們能夠相信，就是淺草這裡嗎？

第五章

淺草七福神（上）

淺草地下街妖怪工會。

我們跟這個組織的最高負責人灰島大和聯絡上時，已經是櫻花即將綻放，在隅田公園裡只要抬頭就能望見花苞日漸茁壯的三月上旬了。

「還想說一直聯絡不上你，結果突然約我們來吃高級壽喜燒。組長，到底是怎麼回事？」

「……不好意思，我們這邊也是亂成一團。」

組長叫我、馨，還有由理到淺草一間叫做「無口」，由妖怪經營的高級壽喜燒店的包廂，還點了大概每人消費破萬圓的壽喜燒宴席。

光是這樣就讓人覺得很不對勁。

「沒想到淺草地下街這麼賺錢呀。」

「你覺得有可能嗎？天酒。這個呀～簡單來說，就是那個意思啦。」

「那個意思是什麼意思啦……」

馨跟由理互使眼色，空氣中醞釀著一股大事不妙的氣氛。

有多不妙呢？單看組長眼睛底下的黑眼圈就能了解。

這個人最近都沒好好睡覺吧。到底都在忙些什麼呢？

想問的事像山一樣高，但無口的老闆娘馬上就一一送來壽喜燒的鍋子、醬汁、極為誘人的肉片、蔬菜跟烤豆腐。

以前曾經聽說過，每次要召開不太妙的聚會時，就會來跟淺草地下街淵源深厚、口風又緊的無口所經營的壽喜燒店，沒想到那個傳聞是真的。

不過高級和牛的壽喜燒……只有一句話，看起來真是超好吃的。

將生蛋略微打散後，就直盯著鍋中咕嚕咕嚕煮著的鮮肉準備。

「我直接切入正題，你們可能差不多也注意到了，淺草現在有點不妙。」

「……怎麼說？」

「淺草七福神的一大支柱，石濱神社的『壽老神』消失了。他遭受攻擊，處於難以顯現在現世的狀態。」

「咦咦，這樣嗎？居然有人攻擊神明！」

這消息比預想的還不妙，我聲音不自覺地大起來。

組長「噓！」了一聲，用食指抵住嘴巴，臉色嚇人地瞪著我。

「反應不要這麼大！妳給我乖乖吃壽喜燒，安靜地聽就好。」

在鍋裡燙熟的誘人肉片已經染上甜辣醬汁的褐色。組長直接夾了一片進我碗裡，所以我恭敬不如從命地乖乖吃下去……

石濱神社是位在淺草北邊，隅田川岸邊的大神社。

鎮守的壽老神絕非柔弱之輩。

「淺草有以七福神之名開展出的守護結界，而石濱神社就肩負著淺草守護結界的重要角色。因此一個支柱消失就會造成致命影響，結界會從那裡一點一滴地消融。從那兒闖入淺草的邪惡妖怪跟來狩獵妖怪的狩人絡繹不絕，根本來不及一一解決。最近在淺草，從小隻的手鞠河童到裝成人類生活的妖怪，已經有好幾人失蹤了。」

聽到這件事，我們吃壽喜燒的筷子停在半空中。

「就連隸屬於淺草地下街，還擁有戶口的妖怪也遇害。沒錯……身為我們幹部的一乃，也因為過去曾身為『吉原長頸妖名妓』聲名遠播，遭狩人盯上被抓走一次。」

「怎麼可能……一、一乃被狩人抓走？」

「噓！小聲點，茨木。」

雖然組長制止我，但這真的是第一次聽到，怎麼可能不驚訝。

濕黏冷汗不停冒出，流淌到臉頰上。我有聽說她受傷了，「居酒屋一乃」又一直關著，真正的理由原來是這樣呀。

「被抓走一次，意思是現在？」

「啊啊，繼見……不對，夜鳥，我們已經把一乃救出來，送到那些傢伙找不著的地方避難去了。她腳受傷，也順便在那裡接受治療，性命沒有大礙。」

但是組長在說這些話時，神情仍難掩憤慨。

那是當然的。一乃從組長出生起就很疼愛他，就像他的姊姊一樣。情同家人的一乃被抓走還受了傷，組長自然不可能坐視不管。

正因為如此，即使勉強也要去把她救回來吧。

那些傢伙竟擾亂我最愛的淺草，我絕對不會放過。饒不了他們。那些傢伙全都是敵人。

「什麼狩人，看我一棒把他們打成場外再見全壘打！」

「不……追捕狩人是我們淺草地下街跟陰陽局的工作，不能把你們捲進危險之中。」

組長乾脆地拒絕我的宣告，我不禁「哎呀」一聲，身體歪向一邊。

「你、你怎麼說這麼見外的話！現在更是我們的力量能派上用場的時候。之前不就說過了嗎？萬一你遇上無法處理的事，在情況緊急時就由我們來助你一臂之力！」

馨不能接受，激動地從桌上探出身子。

但組長露出苦笑，有些沒自信地垂下視線。

「天酒，我也懂你想說的。光靠我……還有淺草地下街的力量，或許負擔真的有點太重了。如果借助你們的力量，事情會比較順利。」

「啊……我不是那個意思……」

「我懂，但我的能力不夠是事實。」

馨的表情有些尷尬。

組長邊說著：「好了，喝吧，你不是喜歡這個？」邊往馨的玻璃杯中倒進兒童啤酒……

「對方如果是妖怪，那我大概早就拜託你們了，但這次的對手是人類。人類呀，有時候比妖怪更難對付，極為殘忍無情。實在不能把你們牽連進來。」

「組長，可是——」

「我希望你們能過著安穩的尋常日子。不曉得為什麼，最近這種想法越來越強烈。」

組長說出不像他平常會說的話，突然呵地笑了起來。

他臉上那抹疲憊虛幻、彷若就要消失般的微笑，再度引發我們內心偌大的不安。

「……組長，我不要你死掉喔。」

「哎呀，我還沒有想回天堂啦。」

組長清清喉嚨試圖扭轉氣氛。

「不過我也是有事想要拜託你們，所以才叫你們來的。」

「要拜託什麼事？」

「我想請你們去淺草知名景點——七福神所鎮守的寺廟神社，收集『神印』來修補石濱神社的結界。老實說結界會毀損，七福神最近沒有幹勁也是個問題……如果你們去找那些無精打采的七福神，給他們一點刺激，或許他們能重拾自己身為神明的自覺。」

「咦？但是我沒有自信能從那些神明手中獲得神印耶。他們一定不會輕易給我們的。」

「我也是。」

「還有我。」

我說完，馨跟由理也立刻點頭。

「是啦，的確除了大黑天大人之外，是有幾位頗難應付。之前是我一天到晚去跟他們請安，幫那些傢伙跑腿、陪他們打發時間，想辦法提升他們的幹勁。但最近實在忙不過來，不可能再這麼做。那幾個混球真是任性得要命，有夠難搞……」

「組長，你剛剛叫七福神『那些傢伙』和『那幾個混球』耶。」

「真紀，妳就不要吐嘈了，組長肯定是受到了慘無人道的對待吧……」

「咳咳，你們剛剛聽到的全都要忘掉，不准跟七福神告狀喔。」

組長神情認真地耳提面命。

談話結束、盡情享用壽喜燒之後，淺草地下街的黑色座車就載我們回野原莊，只有由理自行飛回去了。

在野原莊前面下車後，馨對坐在前座的組長說：

「那個，大和……剛剛對不起。我絕不是要說你能力不夠，只是不希望你涉險……」

馨肯定是從剛剛就一直很介意這件事。

組長詫異地眨著眼睛，看著馨噗哧一笑說：「真不像你耶。」還推了一下他的胸口。

「天酒，我知道，讓你操心了。」

這種時候組長看起來就像一位長輩，符合我們之間的年齡差距。

實際上他穩重得根本不像只有二十三歲。

不知為何馨面對組長時特別坦率，也常常擔心他。

雖然一方面也是因為組長雖是人類卻很清楚我們的情況、關照我們，但主要還是由於組長絕對不會拿力量不足為藉口，憑藉著自身努力帶領淺草地下街走到今天的成績。馨單純被他身為一個人類的魅力所折服吧。

就連我也是。我也喜歡組長。

「不准亂來喔，組長。」

「好啦好啦，也謝謝茨木妳那多餘的擔心呀。」

然後組長便坐上手下矢加部先生開的車，消失在淺草的夜色之中。

隔天我跟馨一早便起床，早餐就大口大口扒著白飯。

畢竟今天必須去見淺草七福神不可，總共要去九間環繞在淺草周圍的寺廟神社。

這個「淺草名所七福神」，是由以下寺廟神社與七福神所組成：

淺草寺的大黑天。
淺草神社的惠比壽。
矢先稻荷神社的福祿壽。
鷲神社的壽老人。
吉原神社的辯才天。
待乳山聖天的毘沙門天。
今戶神社的福祿壽。
橋場寺不動院的布袋尊。
石濱神社的壽老神。

壽老人（壽老神）與福祿壽各有兩尊是其特徵。

雖然七福神各地都有，但淺草名所七福神從江戶時代起就廣受民間愛戴，是深受信奉、遠近馳名的淺草諸神。

我們先把小麻糬帶去阿水和影兒在的安全場所，在那邊與由理會合，三人一起出發前往淺草寺。

淺草寺的七福神，是熟悉的大黑前輩……

不對，在這種情況下，應該要稱為大黑天大人比較對吧。

「前因後果我明白了，石濱神社的事我也一直有在關注呀。淺草寺大黑天的神印，隨便你們幾時要、要幾個都沒問題的啦。」

「……大黑學長真是明事理又大方，很好溝通耶。」

他是淺草七福神名副其實的首領。

在淺草七福神之中力量特別強大，就算我們沒有東拉西扯地說明一堆，他也立刻就了解情況。

「其實應該是請大黑學長直接找七福神商量最好啦。沒辦法嗎？」

「咦？啊……不……那個……該說要看對象嗎？還是該說有幾尊神就連我也應付不太來呢？」

「居然連大黑學長都冷汗直流還講話結巴，看來我們前途多舛。」

嗯，由理說的沒錯。

這也是代表著七福神有多麼難以應付。

「好了，低下頭吧。」

我們在大黑學長面前低下頭，他拿出神器打出小槌朝我們三人的頭上揮落。

鈴──

清脆高亢的聲音響起，我們頭上浮現「大黑天」三個字。

那幾個字迅速融進體內，消失。

這次就必須像這樣走遍淺草七福神所在，從他們手上獲得「神印」。要修復石濱神社損壞的結界，就需要寫著諸位神明名號的神印。但要怎麼獲得這些神印是個棘手難題。輕易授予神印給我們的大黑學長是少數例外，神明通常都會要求某種代價。

「對了，大黑學長，我們不能免費從你身上獲得神印，你有什麼事情想要我們做的嗎？」

明明差點就能免費獲得了，結果由理規矩地問這種多餘的問題。

「嗯……有是有啦，不過等順利修復結界之後，再告訴你們好了。」

「大黑學長居然這麼客氣。」

「好恐怖喔……」

「好了好了！你們得在今天之內拜訪完全部的七福神吧？可沒有閒工夫在這裡聊天。趕快朝隔壁的淺草神社出發吧！」

「咦？怎麼不知不覺變成大黑學長在主導……」

於是我們前往淺草寺隔壁的「淺草神社」。

這裡也是與「三社大人」淵源頗深，會舉辦知名的三社祭的神社。

裡頭祀奉的是土師真中知命、檜前濱成命、檜前竹成命。將與淺草寺起源有關的三位人類作為神明祭拜，而三社大人指的正是這三位。

七福神則是惠比壽。

與淺草寺淵源深厚，又是相鄰的寺廟與神社，所以淺草神社的惠比壽像是與大黑天成對存在著、受到人們祀奉。
因此他和大黑學長是親如兄弟般的神明。應該啦。可是……
「喂，惠比仔，你給我出來！惠比仔——」
「我不是好好地在這兒……」
遭大黑學長大喊「惠比仔」的那尊神明，坐在淺草神社本殿前的高起處，不斷被看不見他的人類穿透而過。
眼前明明沒有池塘也沒有河流，但他散漫地垂著釣竿。
外表看起來像個國中男生，但身穿顏色老氣橫秋的狩衣、毫無活力，是位跟精力旺盛的大黑學長氣質完全相反的神明。
「喂，惠比仔，你很沒有活力喔！你還活著嗎？你還活——著嗎！」
「大黑你好吵。聲音跟臉都好吵。」
然後他抬起臉，盯著我們看了大概十秒鐘，才終於認出我們是誰。
「啊……鬼和鬼和鳥。真難得你們特地來這裡。」
「我看到惠比壽大人就不安起來，他的時間感跟一般人差太多了。」
惠比壽大人對我們的來訪似乎有些驚訝，但又立刻好像這沒什麼大不了似地把心思放回釣魚上。非常按照自我步調，又面無表情。
「欸，現在可不是這麼悠哉的時候吧，惠比壽大人！」

「……所以咧？有什麼事？」

「我就單刀直入地說了，我們想要修復七福神的結界，可以把惠比壽大人的『神印』給我們嗎？」

我大大方方地站在惠比壽大人前方，伸出手討神印。

惠比壽大人恍惚地凝視著我的手片刻之後，緩緩地說：

「那茨姬妳幫我做一件事。我現在正好在釣某個東西，陷入苦戰了。」

「某個東西？」

正想說怎麼突然飄來一陣海潮氣息，下一刻彩雲就橫過眼前，沒多久眼前景色變了。過程中沒有一絲聲響，極為安靜。

「這裡。」

那裡是大海的正中央。

神社就矗立在一隻巨大鯨魚的背上，悠然地在海面上航行。

「不愧是漁業之神——惠比壽大人呢。這裡是神域。」

正如由理的說明，惠比壽神以漁業之神聞名於世。

有時候也代表鯨魚。

「所以惠比壽大人，您到底想要釣什麼？」

「……遺失物。我在玩益智遊戲時，不小心把手機掉進這片海裡找不到了。誰要跟我一起把它釣上來？」

「一個神明在神域裡搞丟自己的手機……」

「就像人類不是也會在自己房間裡弄丟重要的東西嗎？跟那個一樣。」

我傻眼到無話可說，但不愧是根基於人類基本營生的七福神之一。即使擁有人類必需品的手機，應該也不算太奇怪。

「這應該是馨出場的時機吧？你是結界和神域的專家，又有一雙適合找東西的好眼睛。」

「欸，由理，你很順口地就把麻煩事丟到我身上耶。」

於是就這麼決定由馨來在這片廣大海洋的正中央，努力尋找惠比壽大人的手機。他立刻驅動神通之眼，在腳邊展開術式搜尋。

「我們沒多少時間，不如分頭去找其他七福神可能比較好。」

「這是好主意耶，由理。必須去的寺廟神社總共有九間之多，而且神印只要我們其中一人有拿到就好。」

「我去合羽橋商店街對面的矢崎稻荷神社，真紀妳呢？」

「那我去找鷲神社的壽老人好了。那個壽老人還滿疼我的。順便……也去吉原神社看看，反正就在附近。」

由理失聲驚叫：「什麼？」

「沒問題嗎？真紀，妳跟吉原神社的辯才天不是關係很差？」

「是、是那樣沒錯啦，但反正很近呀。」

「喂，真紀，如果苗頭不對妳就趕快聯絡我們喔。吉原的辯才天，感覺應該是男生去談判會比較順利。還有結界防備鬆懈表示有些鼠輩也闖進來了，妳要是遇到他們——」

「啊～啊～好好，我知道啦，馨。你真的是很愛擔心耶。我雖然很強……但不會胡來的。」

於是我跟由理便各自前往負責的寺廟或神社。

鷲神社。沿著國際街往三之輪站方向一直走就會看見，是一座有雄偉入口的大神社。以「酉之市（註3）」聞名。

裡頭祭拜的神明是天日鷲命與日本武尊。

而七福神則是壽老人。

輕撫額頭，能增長智慧。

輕撫眼睛，能發揮先見之明。

輕撫鼻頭，財運將隨之同行。

註3：酉之市為每年十一月的「酉之日」舉行的祭典。

輕撫右邊臉頰，戀情將開花結果。

輕撫左邊臉頰，常保身體健康。

輕撫嘴巴，防範災害。

從下巴順時鐘輕撫，事情將圓滿解決。

在本殿前方立著一個牌子，上面寫著這樣的內容，並供奉著一座可供人觸摸的巨大「女性面具像」。這裡的壽老人是個喜歡我幫他按摩肩膀的老爺爺，所以獲得「神印」的代價就是幫他舒緩肩頸痠痛三十分鐘。鷲神社的壽老人一直發出不知道是太痛還是舒服的慘叫。不過在這裡沒有遇上任何困難，順利拿到神印。

「好，問題是接下來的……」

我腳步沉重地朝鷲神社隔壁的吉原神社前進。

與淺草神社跟鷲神社相比，這是一座被住宅區環繞的小巧神社。

不過這裡對我來說，可以說是最大的難關吧……

吉原神社是聯合奉祀過去位於吉原花柳街的五座稻荷神社與吉原辯才天的神社。與名聞遐邇的吉原花柳街的歷史共存，歷經火災、大地震、空襲等天災人禍，曾經多次燒毀……

「吉原神社的辯才天，應該會在辯天池遺址那邊吧。」

吉原神社的旁邊就是奧宮，那裡被稱為「吉原辯才天本宮」與「辯天池遺址」，淺草名所七福神中唯一的女性辯才天，經常待在那裡。

我走出神社打算前往那邊，轉過身時——

「啊。」

在馬路正對面，有位銀髮青年交叉雙臂站在那兒。我一看見便朝他大喊：「喂～」確認左右沒有車子經過後就跑了過去。

凜音表情有些不悅。

「……妳為什麼想都不想就跟我打招呼？茨姬。」

「問我為什麼？我看到你至少會打個招呼呀，畢竟你是我以前的眷屬。」

「……」

「你才為什麼會出現在這裡？啊，難道是有事來這附近？好歹你也是個男人嘛……」

「不、不是啦！」

凜音雖然立刻否認，但曾經是吉原花柳街的這一帶現在也是娛樂鬧區，那一類的店家也不少。

「我是看到妳不曉得在幹嘛，所以稍微觀察了一下而已。妳到底來這種地方做什麼？」

「我只是來找吉原的辯才天要神印啦。石濱神社的結界遭到破壞，修復需要神印。」

「啊啊……那件事呀。」

凜音似乎想到什麼地臉色變了，眼神往旁邊飄去。

我沒有看漏他的變化，繼續往下說。

「不過我之前才一擊打倒吉原辯才天，她現在絕對還恨我恨得要命。其實應該是讓馨或由理這種大帥哥來，談話會比較順利，可是他們現在也拚命在應付其他七福神。我雖然是美少女，但可不是帥哥呀……」

我接連講了一大串，腦中突然閃過一個想法，抬頭望向凜音。

然後伸出雙手緊緊抓住凜音冷傲的臉，仔細凝視。

「妳、妳想幹嘛，茨姬？」

「不是有嗎……不就在這裡嗎……帥哥！超級帥哥！」

「啊？」

凜音因我意料之外的行動露出困惑的神情，來不及掩藏自己的情緒。畢竟現在的我雙眼肯定散發著異樣神采。

那是因為我居然在意想不到的地方，逮到一個可以讓吉原辯才天神魂顛倒的大帥哥呀。

我更加逼近凜音，輕輕摸他的頭髮……

「多麼柔順的銀髮。現在雖然剪短了，但千年前可是像絹絲般纖長……我一直很喜歡呢。還有黃金之眼和紫色眼睛，不同色彩的雙眼也是美得令人憎恨。雖然搶走弟弟影兒的眼睛還是不應該。」

我步步逼近，凜嘗試著用狠狠瞪視來抵抗我，但沒過多久就習慣性地迅速撇開目光。這一點從千年前起就沒有改變。

「跟正統派大帥哥的馨和美少年臉蛋的由理不同，該怎麼形容凜呢？是王子般的外表，但又有一點黑暗系的感覺。」

「茨姬，不要說些莫名其妙的話。」

「翻譯成白話文就是，我不會讓你跑走的。好，跟我一起來吧。有你在那位女神的心情也會比較好喔。」

我拖著凜音一起踏進吉原神社的奧宮，辯天池遺址。

四周環繞著住宅，但只有這兒時間彷彿靜止了一般，充滿神祕的氣息。成排樹木聳立圍繞，光線略顯昏暗。在寂靜無聲之中，色彩繽紛的花朵與華麗裝飾顯得更加突出，讓人印象深刻。

正中央矗立著一塊巨大的碑石，上頭有許多供花裝飾著。

「這裡到底是怎麼回事？」

「哎呀，凜，你不曉得吉原的歷史嗎？這裡呀，是過去深受遊女崇敬的辯天池的所在地，供養悲劇性遊女靈魂的地點喔。」

「悲劇？」

「在關東大地震時，這一帶發生大火。那些遊女在走廊上無處可逃……就紛紛跳進這裡的大池塘，有很多人溺死了。」

「……」

凜音抬頭望向站立在碑石上的優美辯天像，瞇起雙眼。

供花數目眾多，顯示現在也有許多人來到這裡。

不知是誰獻上的、色彩繽紛的花朵，飄盪在空氣中的裊裊線香白煙，還有……

「我還想是誰來了，原來是惹人厭的茨姬呀。」

「出現了，吉原辯才天。」

那位吉原辯才天，是一位宛如吉原遊女般豔麗奪目，簡直就像是女性魅力的化身的美女。不過，她的身形比一般人類還要嬌小，外貌跟以前遇過的江之島辯才天不同。

那位女神整臉抹著白粉，雙頰與嘴唇塗著鮮紅胭脂，嬌嫩肌膚直露到肩膀，和服下襬長長拖著地。她從碑石上方低頭睥睨著我，還不停吹著泡泡。

「有何貴幹？我心疼得不得了的長頸妖名妓一乃被人類所傷，我正在策劃該怎樣咒殺那些渾球。還有茨姬，不准妳說已經忘記夏天妳幹的好事喔，我也要咒殺妳。」

「啊，當時的事情就讓它付諸東流吧，吉原辯才天。是妳先取笑我還三番兩次挑釁，我為了自衛才出手的。」

「妳揍了我核彈級的一拳耶，算什麼自衛呀。拜妳所賜，我美麗的臉蛋還出現瘀青，果然不咒殺妳不行～」

辯才天果然仍是怨氣沖天，深深記恨著。

七彩繽紛的泡泡在安靜綻放的花兒間飄盪穿梭，就在那個瞬間……

景象雖然沒什麼大變化，但我們已經進入吉原辯才天的神域了。
我抬起頭，發現吉原遊女的靈魂正嗤嗤嘻笑著低頭望向我們。
「嗯，幽靈……」
「喔呵呵，我知道妳很怕幽靈，這一次是我贏啦～」
遊女的靈魂朝我吹來冰涼的吐息，還拉扯我的頭髮。
啊啊啊，好恐怖。幽靈光是靠近，我就渾身抖個不停，忍不住緊緊抱住自己的身體。
「喂。」
就在此時。
「妳們這群遊女怨靈，在我眼前幹什麼？要是敢對茨姬不利，我是不會放過妳們的喔。」
原本一直默不作聲待在一旁的凜音，惡狠狠地瞪著那些遊女靈魂。
那些靈魂一發現凜音，就停下捉弄我的手。
「啊！大帥哥！」
「是吸血鬼大人喔！」
「好想被你吸血喔～不過幽靈沒有血就是了～」
她們紛紛聚集到凜音身旁。
凜音毫不留情地用手揮開她們，一次又一次。
遊女靈魂如輕煙般消散，又不知道從哪兒再冒出來。

「呵呵，是這一帶沒見過的美男子，是我喜歡的類型。你叫什麼名字？」

「我叫凜音，過去是茨木童子四眷屬之一，吸血的鬼。」

「……什麼呀，搞半天結果是茨姬的人呀。」

吉原辯才天一臉無趣地又開始「呼～」地吹起泡泡。

「你不要跟著那種暴力女，不如來當我的神使好了。我跟這些吉原遊女姊姊會好好疼你的喔。」

吉原辯才天朝著凜音伸出嬌小纖白的手。

不過凜音對這個沒有男人能抗拒的嬌媚神態不為所動，用力揮開她的手。

「不要碰我。怎麼有妳這種穿著這麼寡廉鮮恥至極的女神——」

「啊～啊～不可以喔，凜，現在不能惹辯才天生氣。」

我慌忙從後面摀住凜音的嘴巴。

「唔～妳幹嘛啦，茨姬！」

「無論如何我們都要從吉原辯才天手上獲得神印，你站在一旁微笑就好。」

「啊？啊啊啊啊？」

總之先讓凜音閉上嘴，我搓著雙手朝吉原辯才天說：

「欸，吉原辯才天，妳應該曉得石濱神社的結界柱損壞了吧？為了修復它，必須要收集到每位七福神的『神印』……」

「我是不會給妳的～」

「不管妳要我做什麼都可以！」

「那妳原地轉三圈學狗叫，或是來侍奉我。」

「……」

我想也是。我早就知道肯定會是這種侮辱人的要求。

辯才天依然神情不悅地一直吹泡泡，我用力握緊顫抖不已的拳頭，深深吐出一口氣。這又不會要我的命，沒其他辦法了。

我依照辯才天的要求，就要在她面前跪下。

可是——

「等等，茨姬。」

凛音一把抓住我的手臂，阻止我跪下。他輕輕顫抖著，透出一股靜默的怒氣。

「就算對象是女神，我也不准妳在我面前向其他人下跪。」

「……凛。」

「喂，吉原辯才天。妳的要求由我來實現吧。」

凛音鬆開脖子上的細繩領帶挑了挑眉，意味深長地扯開嘴角。

咦？這孩子打算要做什麼？

「等、等一下，凛，我可沒有想出賣你喔！」

「少囉嗦，茨姬。妳必須要獲得什麼神印的吧？我又不想看妳跟別人下跪。」

「凜，你……」

「好了，吉原辯才天，妳把神印給茨姬，我任憑妳處置。」

吉原辯才天一聽到這句話，就明顯露出滿意的笑容，還伸出舌頭舔了嘴唇一圈。

「這樣的話，倒也是可以把神印給妳。」

然後，這位女神倏地將泡泡朝我吹來。

「哇！」

那瞬間吉原辯才天的神印驀然浮現在眼前，又迅速融進我的身體裡。

凜音確定我已經收到神印後，臉上浮現別有企圖的微笑。

「這不是免費的喔，茨姬。等我完成這次任務，我要妳的血。」

「啊～原來是這樣。好呀，反正我也沒能送你情人節的人情巧克力，就給你一些『人血巧克力』吧……」

「我想要一個玻璃杯的量喔。」

「那樣我的身體會撐不住啦。一個小酒杯的量，分成幾次給你的話倒是沒問題。」

「……成交。」

凜音雖顯得不甘願，但仍點了點頭。

真是的，這個場域竄動著各種欲望和意念。

不過確實，要應付吉原辯才天和這些遊女靈魂，由凜音出面或許比較妥當。

辯才天與眾多遊女的眼睛射出精光，以一種萬分期待將享用美食的神情，在原地隨時準備進攻。

「凜音……加油喔。不管你回來時變成什麼模樣，你都還是我可愛的三男。」

「啊？妳這也太誇張……」

「好了，礙眼的女人趕快消失。」

我出聲替凜音打氣之後，就被吉原辯才天粗暴地趕出神域。她還啐了一聲。

拜她所賜，我摔在辯天池遺址的地上。

下一刻，雖然眼睛看不見，但我似乎聽見了凜音的怒吼與慘叫聲。

「啊啊……凜。」

對不起，凜音。

你現在肯定被飢渴地想要疼愛男人的大批遊女靈魂團團圍住，她們還爭先恐後地撲到你身上、盡情蹂躪你吧。如果是阿水應該能高明地應付過去，但凜音在應對這種情況上不夠靈活也不擅長。

但我明白，凜音，你是為了我的名譽，才會在當時挺身而出。

「凜，我不會讓你白白犧牲的。」

那麼我也得繼續奮戰才行……

「真紀辛苦了，妳那邊還順利嗎？」

「啊，由理。」

我離開吉原神社，正要走回淺草神社的途中，在國際街上和由理碰頭。

「該說順利嗎？還是該說凜出手相助呢？」

「凜音嗎？」

「話說回來，你怎麼會全身都是羽毛？」

由理雖然臉上還掛著笑容但一身狼狽，渾身沾滿他自己的發光羽毛。我將黏在他柔軟髮絲上的一根羽毛拿下來，心想這太可惜了便收進口袋裡。這個羽毛超貴重的吧？

「沒事，我拿到神印了。矢先稻荷神社的福祿壽大人是弓道名家，我對弓道也算是有些涉獵，他就提議要比射箭。我設法獲勝拿到了神印。」

「不愧是由理——我是想這麼稱讚你啦，但為什麼會狼狽成這樣？」

「還不都因為福祿壽大人。他比輸了就惱羞成怒拿我當箭靶，想把我射下來。還說什麼反正你就是一隻鳥呀，很過分對不對？他好像原先是想用鵺的發光羽毛做成箭羽，都是他害的，我拍落了超多羽毛。」

「啊啊……看起來你也是很辛苦呢。」

男生們都這麼捨身搏命，結果我只是幫鷲神社的壽老人捏捏肩膀而已。

「平常去跟那些神明陪笑臉的大和組長真是太偉大了。」

「真的～」

長久以來淺草地下街的大和組長，每次都得像這樣跟淺草七福神搏感情。

就只有這次由我們來負責這個任務，才發現大和組長一直包容眾神明的任性妄為，還有各種無理要求，其胸襟開闊的程度或許能稱得上是淺草第一。

「哇～好累，一累就覺得肚子餓，今天也沒吃午飯。我們回淺草神社前，要不要去『安心屋』簡單吃點東西？我有個東西一直很想試試！」

「好呀，那家價格也不貴。」

「沒想到由理你也會有在意價格的一天……時代真是變了呢。」

「什麼時代啦，就是環境改變了。話先說在前頭，我現在可是由叶老師養，跟他拿零用錢的身分喔。」

「他還會給你零用錢喔？」

「會呀。今天我說要跟妳和馨去修補七福神的結界，他就說『這拿去』……給了我兩千日圓。」

「兩千日圓呀。這零用錢的數字真的很實際耶。」

由理不曉得想到什麼，突然「砰」一聲化身為人類女孩子。

「咦？為什麼要變成女孩子？」

「假日的淺草寺附近，有可能會遇到同學呀。真紀，妳跟馨終於開始交往了，現在我跟妳兩個人走在一起，要是有些人特別敏感而心生誤解，可能就會出現奇怪的流言。」

「啊啊……有點不好意思耶，讓你費心了。」

我嘴上雖然這麼說，但女孩模樣的由理實在是位惹人憐愛的清麗美少女，我忍不住上下其手、東摸摸西摸摸。

「等等，真紀，住手啦，妳這樣是性騷擾喔！」

「哎呦，由理子好久不見了嘛……」

在傳法院街上有一間叫作「安心屋」的小店。

地點就在淺草炸肉餅附近，這間店也販售了多種知名的庶民美食。

我特別推薦在熱狗外頭捲上摻著起司的年糕，再淋上辣醬吃的「年糕熱狗」。還有聽說安心屋的「台灣炸雞」最近非常受歡迎，我每次經過店門前都很好奇。有分為一整片的炸雞排與用杯子裝滿一口大小炸雞的種類。我點了一杯炸雞，跟由理分著吃。

簡直就像跟女生朋友兩個人來淺草觀光一樣。

「啊～年糕熱狗這種垃圾食物真是好吃得不得了。台灣的炸雞我是第一次吃，跟日本的炸雞塊不一樣，調味有台灣風格耶，而且肉又軟又多汁～」

「好像是台灣路邊攤會賣的，一種叫作雞排的料理喔。麵衣酥脆、五香粉的香氣顯著，好好吃喔～」

我們在店門外的椅子坐下來，連原先的目的都忘得一乾二淨，兩人優哉游哉地享用美食。突然電話響了，是馨。

「喂～」

『喂，真紀妳現在馬上過來！需要妳的怪力！』

「唔嗯～」

『可惡，妳在吃東西吧。我聽到咬食物的聲音。』

馨好像遇上麻煩了。

我三兩下把炸雞吃光，跟由理急忙趕往淺草神社。

神社本身是一如往常。

因為地點就位在淺草寺旁邊，境內有許多觀光客熱鬧非凡。不過……馨他們所在的是神域那邊。

大概是發現我們來了，回過神來我們就已經被拉進神域。進到神域的同時，就感到腳下天搖地動。

「唔哇啊！」

神社本殿建在一隻巨大鯨魚的背上，現在大海波濤洶湧。

馨、淺草神社的惠比壽大人，跟居然還待在這兒的大黑學長，三個人在鯨魚背上靠在一塊兒，同心協力拉著釣竿想要捲回釣線。但好像是釣到無比巨大的東西，他們幾乎都要被拉進海裡了。

明明前大妖怪和淺草的兩位代表神明都在場，這些傢伙還真是不中用耶。

「原來是這樣，想要釣起龐然大物，可是弱小的三個男人力氣不夠呀。」

「真紀大人，感謝妳立刻抓到重點。就是這樣所以拜託妳了，真紀大人！」

「沒問題，馨。」

正搏命奮戰的馨立刻回答，我聽了就捲起袖子接過釣桿，雙腳使勁踏穩重心。

「唔哇，好重。這是釣到什麼呀？不是在找手機嗎？」

「我鎖定手機位置，再垂下釣竿後釣到的。可能是這個大東西把手機吞下去了……不管怎樣都得先釣上來再說！」

「這樣啊，那馨你緊緊抓牢我的腰。就算我力氣再怎麼大，體重還是跟一般少女沒兩樣喔。」

因此馨穩穩抓著我，後頭是大黑學長牢牢抓著他，大黑學長則讓由理抓著，由理又讓惠比壽大人抓著……

「話說回來，你為什麼是由理子的模樣？」

「啊，我忘記了。」

聽到大黑學長的疑問，由理變回平日的少年模樣。

「一——二——三！」

身體重心已經牢牢固定，我使盡全身吃奶的力氣，一口氣將釣竿往上拉。

大量海水隨之被帶進空中響起激烈的水聲，高高躍上海面的是一個巨大無比的剪影。

「唔哇，哪裡來這麼大一隻章魚？」

大章魚直接朝我們頭頂上墜落，馨慌忙在上方張開結界之網，把大章魚包住抓起來。儘管如此牠摔落時造成的衝擊仍是十分驚人，我們都差點被震到海裡去。

等搖晃漸漸平穩下來，我們紛紛站起身觀察那隻被抓到的大章魚。

「呼，總算是解決了……」

「啊，你看吸盤上夾著手機。」

章魚腳上吸盤的大小剛好卡住手機。馨把手機拔下來請惠比壽大人確認。

「嗯，這是我的沒錯，謝謝。」

「不會……不客氣。」

兩人語氣淡然的對話後，馨就將大章魚送回海裡。

然後順利從淺草神社的惠比壽大人那兒獲得神印。

惠比壽大人用手指點住馨的額頭，授予他「惠比壽」的神印之後，將視線轉向大海。

「雖然淺草距離大海還很遙遠，但我可以經由隅田川探查大海另一頭的氣息。最近有一些非法分子往來隅田川和大海之間，讓人不太愉快呢。」

他凝視著平穩的波光，用沒有起伏的聲音說出意味深長的話語。

「非法分子……難道是指？」

「嗯，就是最近在淺草興風作浪的元凶囉。」

那些傢伙從大海來，經由隅田川潛入，攻擊石濱神社的壽老神。

「也就是說，那些狩人頻繁利用隅田川嗎？」

「的確，如果要說防備堅固的淺草結界有什麼弱點，或許就是隅田川了。只有那邊的結界邊境很模糊。」

馨跟由理相互確認至今發生的情況與事態，得出了這個結論。

敵人是在清楚這點的情況下，引發這次騷動的吧。

第六章

淺草七福神（下）

順利獲得淺草神社的神印後，現在九個神印中我們已經拿到五個了。

淺草寺大黑天的神印。
淺草神社的惠比壽的神印。另外還有「夫婦圓滿」的加持。
矢先稻荷神社的福祿壽的神印。
鷲神社的壽老人的神印。
吉原神社的辯才天的神印。
除去石濱神社之外，還剩下三個。
待乳山聖天、今戶神社、跟橋場寺不動院。

首先，大家一起前往的是待乳山聖天。
離開淺草寺附近，沿著江戶街走，就能在右手邊看到觀賞晴空塔的最佳地點言問橋，再繼續順著走就會遇見巨大的聖天大人。

這兒祭祀的主神是大聖歡喜天與十一面觀音，七福神則是毘沙門天。

這間寺廟的獨特之處在於，到處都能看見畫著「白蘿蔔」跟「束口布包」的物品。寺內也有販售祭拜用的白蘿蔔，每年一月七日還會舉辦「白蘿蔔祭典」。

這裡的毘沙門天大人在淺草七福神中算是勤勞的一位，我們一說想要加持的神印，他只提出一個簡樸的條件，希望我們試吃他種的白蘿蔔。

因此我們就在神域的大殿裡享用醃漬白蘿蔔，毫無顧忌地說出像是有點鹹、口感差了一點、好像有點苦、應該跟白飯很搭之類的感想。他還順便請我們吃了在白蘿蔔祭典時會提供的味噌醬淋蘿蔔。

享用了好多令人感激的白蘿蔔，身心都獲得滿足，清爽無比。

謝謝招待。

接下來我們又兵分兩路行動。

我跟馨去今戶神社。

由理和大黑學長則前往橋場寺不動院。

為什麼呢？因為無論哪邊的神明個性都相當難搞，想來得花上不少功夫及時間呀……

我跟馨做好心理準備，朝今戶神社走去，踏入境內。

境內正中央種著一棵巨大的銀杏樹，樹幹四周被繪馬懸掛處圍繞著，上頭掛滿畫著兩隻招財貓並排在一塊兒的繪馬。

這裡是結緣神社，因此似乎有許多女生來祈求戀愛順利。

再來因為象徵圖案是兩隻並排在一塊兒的招財貓，神社內也擺著今戶燒做成的陶瓷招財貓，還販售多種招財貓相關商品。此外這裡也以新撰組沖田總司的喪命之地而聞名。

擁有各種吸引人的要素，是一間充滿為愛情苦惱的年輕女性，跟新撰組愛好者等觀光客，熱鬧非凡的神社。

主神是應神天皇、伊奘諾尊與伊奘冉尊。

而作為淺草七福神鎮守於此的是，與矢先稻荷神社相同的福祿壽大人。

「啊，福祿壽大人……」

福祿壽大人拿著竹刀在境內不太熟練地做空揮練習。

他一發現我們，就露出開朗笑容朝這邊揮手。

「呦，鬼夫婦。不過福祿壽大人我是希望你們叫我沖田喔喵～」

「……」

此地的福祿壽大人，外表並非一般常見的老爺爺，而是一位臉上經常掛著柔和微笑的娃娃臉青年。不知為何他老是披著新撰組的和服外套，打扮成類似沖田總司的模樣。

他絕非沖田本人，也不是他的靈體。

「雖然現在才問有點晚，但您為什麼要打扮成沖田總司風格呀？」

「那個呀，因為這裡是沖田過世的地方。」

「我曉得，只是福祿壽大人您有必要因為這樣就打扮成新撰組的模樣嗎？還有，您語尾助詞聽了讓人很火大耶，角色設定也太超過了吧。」

「那、那是因為……這樣個性比較立體呀喵～畢竟淺草七福神中有兩尊福祿壽，而且來參拜的女性客人肯定也會喜歡喵～」

我跟馨側眼對望了一眼，心中都在嘟噥：「來參拜的女性客人根本沒幾個能看得見你吧？」

不過淺草的七福神中，確實壽老人（壽老神）與福祿壽各有兩尊，所以他們展現出一眼就能分辨的鮮明個性，對看得見的我們來說的確是比較輕鬆。

重複的神明經常會在意這件事而相互敵視，拚命打造出個性清晰的角色設定。

「啊……貓。」

我突然注意到在福祿壽大人腳邊，有一白一花的兩隻貓撒嬌地磨蹭著他。

雖說是貓但其實是今戶燒貓偶，雖然不曉得牠們為什麼會動，但想來又是跟神明有關的超自然現象，不算稀奇。

「福祿壽大人，您已經知道我們為什麼來這裡了吧？」

「當然，你們好像從一早就開始四處跑來跑去喵～茨姬跟酒吞童子都是。這些小傢伙有幫我打探消息回來喵～」

這些小傢伙指的就是那兩隻貓。原來如此，是優秀的情報人員呀。

「你們想要神印吧？情況我曉得了，但我這兒也有條件喵～」

「什麼條件？」

對於馨的問題，今戶的福祿壽大人掀開淺蔥色的外衣，叫我們跟著他。我們在他後頭走著走著，突然間空氣輕飄飄地改變了，顯然已經進到神域。

「那麼，我的要求很符合結緣神社的風格，我想要測試你們這對夫婦的恩愛程度喵～」

「啊？」

聽到這句令人害臊的發言，我跟馨都不禁雙頰泛紅。

「不過光是那種打情罵俏的愛是不行的喵～我想要見識的是夫妻間的認真對決，妻子與丈夫狂烈的愛。也是單純想看看你們哪一個比較強啦喵～」

「啊？什、什麼？」

這哪裡是恩愛程度測試？是廝殺決鬥測試吧？

「福祿壽大人，既然您老是打扮成沖田總司的模樣，應該是想要像位使劍高手那樣找人決鬥吧？我跟您比劃一下也可以喔。」

「不、不用了，這只是一個造型而已！我沒那麼厲害，而且我又不是戰鬥類的神明。」

他緊張到忘記句尾的「喵」了。

這位神明的意思是，要我跟馨在這裡決鬥，獲勝那方就能獲得神印。

以結果來說，不管哪邊贏我們都能得到神印。

可是……可是，我絕對不想輸給這傢伙！

我跟馨望著對方，內心都熊熊燃起絕對不想輸的氣勢。

狠狠瞪著彼此……

「不准你們故意輸喔，那種小伎倆神明是看得出來的。」

「福祿壽大人，您從剛剛就忘記在句尾加『喵』了喔。」

「……那個，喵～」

在馨總算指出之後，福祿壽大人像是終於想起來般又在句尾加上喵。

然後他就在神域中也有的巨大銀杏樹根旁一屁股坐下，一副要跟兩隻貓一同觀戰的模樣。他不曉得從哪裡變出酒和貓罐頭，又將待乳山聖天的毘沙門天大人送的伴手禮醃白蘿蔔當作下酒菜。

「好，兩人都拿好竹刀了吧，先打破對方頭上盤子的那方就獲勝喵～」

沒錯，我們現在都像手鞠河童一樣頭上戴著盤子。

我跟馨手握竹刀，都已經鬥志高昂，頻頻揮刀確認狀況。

「雖然我的劍術都是過去從酒吞童子身上學來的，但現在我可是淺草最強……不會輸給久未拿刀的你喔。」

「少說大話，基本上妳平常拿的都是釘棒吧。話說回來，妳那種頭腦簡單的攻擊，我三兩下就看穿了。」

「哦，兩個人鬥志都很高昂喵～即使是夫妻，平常內心也會對彼此累積一些不滿。全部都發洩出來喵～那麼那麼，預備開始……」

「「看招！」」

這雖然不算開打前的叫囂，但對我們來說這樣就夠了。

說完看招的瞬間，兩把竹刀就已經重重交疊，我們眼神凌厲地瞪視對方。

靈力劈哩啪啦地迸發，互相威嚇彼此。

「唔哇，這風壓好驚人……這已經不是相愛夫妻比劃一下的程度了喵～果然平常兩人累積的許多不滿都……這是死鬥喵～」

如果是尋常竹刀，肯定一瞬間就燒起來了吧。但我們都有在刀上灌注一層靈力，所以這已經不能說是沒有殺傷力的武器。

對手是馨。

馨是使劍與結界術的高手，無論攻守皆水準高超的萬能選手。尤其是結界術特別需要戒備，我得小心背後跟腳邊。

但我還是有勝算，畢竟講到靈力值我可是遠遠超過馨。既然燃料和馬力都是我占優勢，就能在馨開始布局前，憑力量一口氣擊倒他。

那麼，就來場華麗的夫妻對決吧！

「嘿啊！」

我特別使勁揮下竹刀，那股靈力波將周圍草木連根拔起。雖然身處神域，但我的破壞行動可沒在客氣的。

不過馨穩穩地接了下來。雖然他腳邊的地面裂開，形成一小塊凹地。

「……好重。妳這傢伙，認真要殺了我呀！」

「馨，認真打。你才不只這樣而已吧！」

我打、打、再打，用力量猛烈壓制住馨。攻擊就是最好的防禦！

馨表面上雖然看起來像是被壓著打，但他機警地穩穩守住頭上的盤子。是說，那上頭施展了一層像是薄薄屏障的東西……

「好過分，你太奸詐了！」

「抗議無效。我只是發揮專長而已。」

馨一臉認真，不經意地彈了彈指。

結界術嗎？我立刻戒備，留意四周動靜。為了避免誤入他設下的術式，我仔細觀察馨靈力的流動。

我就知道。腳邊埋著像地雷般的結界術種子呢。

這可是馨擅長的招數，只要踩到就會發動，變成一個大洞，或是被關進小規模結界的柵欄裡，或者是被綁住吧？我才不會中計！

可是……

「……嘿！」

磅啷。

我拿出全副精神警戒著馨的靈力和術式時，回過神來頭上的盤子已經被馨用竹刀劈開了。

「……啊？」

啊？啊？啊？

我愣在原地，表情呆滯地抬頭看向馨。頭上傳來些微刺痛感。好痛。

「笨蛋。我早就知道妳一定會特別小心我的靈力，所以刻意到處設下欺敵用的術式，再解開竹刀上的靈力。趁妳的注意力都放在四周時，再拿起毫無靈力的竹刀把妳的盤子劈開。」

「……咦？咦咦咦咦咦咦咦！」

我全身力氣好像瞬間被抽乾，頓時癱軟坐倒在地。怎麼會這樣？怎麼會有這種事？

不，這就是因為我太過於了解馨，才會出現的空隙。

馨非常清楚這一點，預測我的行動後，想出了這個作戰方式吧。

「嗚嗚嗚……我不甘心啦，不甘心。」

我用力捶向地面，一次又一次。

「真紀……好了啦，這種事不值得這樣哭吧。」

馨對懊惱不已的我伸出手。

那張因勝利而洋洋得意的臉令人憎恨。不過，啊……哎呀。

我前一秒鐘明明還那麼懊惱……可是，馨看起來有點帥呢。

馨好帥。他低頭望著我的那道視線，讓人全身有股電流竄過。

我完全因上輩子老公的奸詐伎倆……不對，發揮智慧設下的陷阱與高超技術而重新迷戀上他。我雙頰滾燙起來，握住馨的手。

「哇，我還擔心不曉得會怎麼樣喵～茨姫要是失控，別說今戶神社了，根本是整個淺草全滅的大危機呀喵～但最後的結局有點沒意思就是了。」

「福祿壽大人，是您叫我們夫妻決鬥的吧。我剛剛差點就要被真紀的靈壓擠扁了耶。」

「算了啦馨，偶爾跟你打一場也不壞。」

我出聲安慰他，繼續往下說：

「不管怎麼說，我從來都沒能贏過你。不愧是透徹了解我的老公，不僅全力接下我的強力攻擊，還玩弄我於股掌之間。我最近都沒輸過，反倒感覺有點新鮮。嗯……我又重新迷上你了。」

「……預備。」

「看招！」

我猛烈的直衝攻擊──擁抱，馨穩穩地接下了。

「好了好了，你們兩個可以不要在這裡曬恩愛嗎喵～那麼酒吞童子，你漂亮地贏了，我把神印給你喵～」

「……啊，對耶。」

我們差點忘了，收集神印的任務還沒結束呢。

一片混亂中，馨順利從今戶神社的福祿壽大人手中獲得神印。

「順帶一提，我還順帶給你家內安全與夫婦圓滿的加持喵～今戶神社祭拜的神明不是只有我，還有伊奘諾尊與伊奘冉尊這對夫婦神，對夫情感情也有幫助喵～」

「家內安全……夫婦圓滿！」

「好好喔。馨，加持不是隨便都能獲得的耶。」

「不對吧，若是保佑家內安全跟夫婦圓滿的話，妳不是也算在裡頭嗎？有什麼好羨慕的啦。」

我們一如往常地鬥嘴，今戶神社的福祿壽大人和藹地望著這一幕，最後開口這麼說道：

「你們要是吵架了就過來這邊，再一次好好把對彼此的不滿都發洩出來喵～」

的確。我們要是在家裡動手，野原莊就不用說了，整個淺草都會陷入危機。有一個能盡情吵架的地方，還有公正無私的神明居中協調，真的很令人感激。

今後要是吵架的話，就去找今戶神社的福祿壽大人吧。

離開今戶神社之後……

「喂～真紀，馨。」

我們剛好在橋場寺不動院的入口附近遇見由理跟大黑學長。

「怎麼樣，有從不動院的布袋尊大人那裡得到加持的神印嗎？」

「嗯，花了一點功夫，不過由大黑學長出面說服了他。結果變成一場辯論大會，大黑學長激情熱烈的演說，最後讓布袋大人屈服的感覺。」

「咦、咦……」

橋場寺不動院是靜悄悄座落在東京舊城區的小間寺廟。要從大路拐進小巷子才能發現它的蹤跡，一不小心就會看漏。

兩旁建築中間有一條狹窄筆直的石板路，前方隱約能看到寺廟。

坐在那屋頂上恬靜微笑看向這邊的，就是身型圓潤的七福神布袋大人。他一直向我們揮手，所以我也朝他揮手。

「好，到最後了。既然七福神的神印都已收集完畢，接下來我們就去結界損壞的石濱神社吧。」

「嗯，天色差不多要變暗了，我們動作得快一點……」

黃昏時分。逢魔時刻。

這種時候最容易有不好的東西從結界破洞潛進來。

石濱神社。

祭拜天照大御神、豐受大御神，還有淺草名所七福神之一——壽老神。

這間隅田川岸邊的美麗神社，與其說在淺草，幾乎算是座落在南千住。

地點開闊，抬起頭來就能看見一大片天空。是因為周圍沒有高樓吧？跟至今去過的淺草其他寺廟神社印象不同。

旁邊可以看到球型瓦斯槽，也是它的特色之一。

表面上是一間寧靜、讓人放鬆的神社，但是……感覺不到過去待在這兒的七福神壽老神的氣息，四處都看不見他的人影。

「壽老神果然消失了呀……」

大黑學長有些落寞地喃喃自語，垂下肩膀。

馨用他的力量打開神域，我們便離開現實世界踏進去。然後……

「……啊啊，這是……」

神域的天空全是褐色的，一望無際的大地荒廢頹傾，只有一座宛如遭到時代遺忘、老舊傾斜的鳥居，獨自矗立著。

在鳥居的另一頭，原本該是結界之柱的石塚崩塌了。

之前掛得好好的注連繩與神符也破破爛爛地散落一地，一眼就能明白有人刻意破壞了這個石塚。

我注意到有塊灰色的玉埋在石塚堆裡，便將它拉出來。

「原本上頭應該蘊含滿滿的神力，是塊光澤閃耀、極為美麗的玉石。」由理嘆道。

「不過還好，似乎沒有毀壞。這個是結界的心臟，只要把我們獲得的神印抽出來，貼上這塊玉就可以了。九間寺社與七福神的『名字』會變成神力的供給源。」

「那這個任務就交給由理，我來重新把石塚組起來好了……」

馨俐落地用靈紙描繪石塚的設計圖。

「聽好了，從最大塊的石頭開始，像這樣組合起來，最後再把貼上神印的玉石擺在這裡，拉上注連繩。聽懂了嗎？」

「沒問題～」

我們遵照馨的指示，從組合石塚開始。

石塚崩塌後散落一地的石塊，就由力氣最大的我扛起來排在空地，馨分別幫它們編號，再按照號碼一一組合。

有馨的設計圖在，組合並不會太困難，只是……

「能靠自身力量搬運石頭的只有我而已，真是可悲呢。一般來說這應該是男人的工作吧。」

「力氣大到妳那種程度，就沒有男女的分別了啦。就只是真紀大人而已……」

「馨，你又說這種莫名其妙的話。」

不過也沒辦法，要適才適所。

馨是指揮官，由理正將抽出的七福神神印嵌進玉裡，大黑學長在製作注連繩，而我在搬運石材……

「呼，組好了。」

石塚堆好後，我將最重要的那塊玉石輕輕擺在上頭。

接下來就是將大黑學長特製的注連繩拉開掛好，完成。

雖然是一度崩塌過的石塚，但現在那塊玉逐漸隱約透出淡淡光芒。

「結界再次啟動需要一點時間，大概要一個小時左右。等結界修復好，神域就會恢復原狀，壽老神也能出現了吧。」

呼哇啊，馨打了個呵欠，受他傳染我也跟著打起呵欠。

由理並沒有隨我們打呵欠，慢條斯理地掏出手機。

「哇，訊息也太多了。」

他皺起眉頭，所以我湊過去看他的手機。

叶：『你什麼時候回來？有點晚了，我很擔心。』

這是叶老師直接傳的。

這是怎樣？監護人嗎？

然後在叫作「安倍晴明特殊式神部隊」的詭異群組裡——

玄武：『喂！鵺！我不是講過，如果來不及回來吃晚餐要先報備嗎？』

葛葉：『回來時幫我買淺草絲綢布丁。』

朱雀：『我也要滿願堂的地瓜金鍔。』

青龍：『要帶隅田川的水回來。』

白虎：『有冰淇淋，幫你留焙茶拿鐵口味的好嗎？』

諸如此類，其中有暴怒、叫他跑腿、或透著一絲體貼心意的訊息……

我和馨都默不作聲，但大黑學長正面解讀，伸手拍由理的後背說：

「哦，你在新環境看起來也很順利不是嗎，由理彥！太好了！」

「如果能像大黑學長這麼正面思考就好了……該怎麼形容呢？有點像是剛換到新公司，大家還不清楚彼此該如何相處，反倒被刻意照顧的新員工一樣。」

由理非常煩惱地打著回訊。

不過這應該算是增進感情的第一步吧？

也能隱約感覺到，他們想要讓由理融入大家的心意。

雖然由理本人希望的可能是更加疏離一點的關係，但他現在既然是叶老師的式神，就必須好好跟他們成為「夥伴」呢。

從我的立場來看會覺得由理好像被搶走，心情有點複雜就是了……

「……喂。」

就在這時——

正想說馨仰望天空的表情不太對勁，下一刻他就緩緩摀住眼睛。

「好像有什麼東西在隅田川岸邊喔……一大群手鞠河童正四處逃跑。」

「！」

該不會……我們面面相覷，彼此點了個頭。

距離結界啟動似乎還需要一些時間，因此我們拜託大黑學長留守原地，便回到現實世界去。

這一帶天色已經完全暗了。

就在石濱神社旁的隅田川岸邊，有兩個裝扮奇異的男人正鬼鬼祟祟地不曉得在做什麼。

夜風呼嘯，吹著他們的黑色長袍隨風飄揚，帽子則壓得很低。

嘴上還戴著黑色口罩，幾乎看不見長相。

是這附近沒見過的奇異打扮。

「哇！被人看到了。」

「難道是同業？」

果然是人類。

不過他們與至今遇見的一般人類截然不同，身上傳來了曾經傷害過無數妖怪的血腥味。

那個氣味跟陰陽局的退魔師有些類似，卻又有些不一樣。

「那些傢伙是怎樣？穿得像死神一樣。」

「嗯，那個是……狩人。」

「由理，你曉得？」

「我在叶老師給的資料裡看過這種打扮的傢伙。雖然狩人也有分為很多種，但受到異國妖怪商會僱用的就是這類鼠輩。」

由理雙眼的神色靜靜地越來越深沉。

仔細一瞧，他們身上像聖誕老公公一樣揹著大袋子，裡面有東西在動來動去。

傳來了手鞠河童「救命呀～」「好擠呀快不能呼吸惹～」「我快被壓扁惹～」的哀號。沒錯……手鞠河童被抓了。

「等等，這裡的手鞠河童應該是禁止捕捉的。」

我語氣平淡地向他們發話，身穿黑袍的那兩人聽了就咬起耳朵……

「喂，那個女的……她知道手鞠河童的存在喔，她看得見！」

「應該是淺草地下街那些傢伙吧。他們有時很愛多管閒事妨礙我們。之前其他組的人也說，獵物被淺草地下街搶走了。」

從他們說話的語氣聽來，兩人應該都還很年輕，不過聲音透過口罩有經過調整，分不出男女。

那身裝扮有施下這種掩護身分的術法吧。

「算了。」

他們從長袍袖中，咻地抽出一根細長木杖用單手握住。

那不是一根普通的木杖。

「哇，我有不好的預感耶……那個。」

「由理，你退後。」

那是施加了詛咒、能夠折磨妖怪的凶器。

跟之前讓狼人魯卡魯受苦的木樁很類似。

上頭零星浮現的詛咒文字淡淡發著光，其中這個國家與異國的語彙交錯參雜著，看起來很陌生。那東西對我跟馨是沒什麼影響，但對由理應該很有殺傷力。

「如果是淺草地下街那些人，或許可以抓回去當人質。」

「這是好主意耶，老闆應該也會高興。喔呵呵～那麼，我們趕緊動手吧。」

其中一人想必是認為我最弱，直接朝向我無意義地高高跳上空中，順勢拿起詛咒木杖揮落。

「！」

但我沒有逃走也沒有閃開，就只是踩穩雙腳、赤手空拳地從正面抓住那根咒杖，然後凶惡地、凌厲地狠狠瞪向對方。

詛咒對我沒有效力，但那根木杖異常燙手，感覺掌心都要燒起來了，但我沒多在意。

「……我說呀，可以吐嘈的點實在太多了。雖然有很多話不吐不快，但還是先把你背上那東西還來吧。」

「！」

我順勢連同那根咒杖一起把敵人抬上天，再朝地面畫出一個半圓拋出去。

敵人劇烈撞上地面。

「啊……咳、咳。」

他趴在地上不住咳嗽，無法動彈，我們趁機把他的獵物搶走。

「身體應該很有感吧。我剛剛沒能收斂力道，希望你脊椎沒摔斷呀。」

那傢伙原本揹著塞滿手鞠河童的大袋子，在我把他連人帶棍摔出去時，一度飛到空中，正好讓剛剛退到後方的由理順利接住。

他解開施展在袋上的術法，一大群手鞠河童從裡頭跑出來。他們大概是嚇壞了，傻傻站在由理腳邊，全身不住發抖。

「你、你這混帳做什麼？」

黑袍男子撞上地面後，直到現在還是動彈不得，他無法掩飾內心的震驚，抬頭看著我。

「哎呀，還能講話呀？不過『你這混帳做什麼』這句話是我的台詞喔。」

我任憑染上鮮紅的髮絲凌亂地在風中飄揚。從長髮縫隙中，我靜靜低頭望著敵人。

「我還想問你誰呀？竟敢把我重要的……重要的淺草弄得亂七八糟，沒禮貌的傢伙。」

我臉上沒有一絲笑意，對於狩獵妖怪的人類那股純粹的憤怒，從體內翻騰湧出。

狼人魯的事，人魚蕾雅的事，還有手鞠河童跟石濱神社壽老神的事……

我用力握緊從敵人手中搶來的咒杖，將杖尖朝下一揮，指著這傢伙的喉頭。

「麥！」

「……啊。」

另一個人想來救援，但馨用結界術讓他單腳黏在地上，無法移動半分。

「怎麼可能讓你們溜走。我要用現行犯名義逮捕你們，直接抓到陰陽局去。你們這些盜獵渾球。」

敵人誦念咒語嘗試解開束縛自己的術法，但他當然不是馨的結界術的對手。

另一方面趴在我腳邊的男人，身體使不上力卻還想勉強爬起，結果又摔了下去。爬起來、再摔下去……反覆試了好幾次。

「可惡……少開玩笑了！我可沒聽說淺草地下街……有這種狠角色在，難道是陰陽局的術師……」

他嘴裡唸唸有詞但果然還是爬不起來，所以我蹲下去一把抓住那傢伙胸前衣襟猛地拉起。

「你不知道呀？淺草，有鬼在喔。」

我現在，是什麼樣的表情呢？

不該出現在人類少女臉上的鬼之微笑，映照在那雙染滿恐怖神色的眼睛裡。

「之前抓到的妖怪曾說過。」

「……」

「說淺草有偉大的鬼轉世投胎，還說狩人肯定會受到他們的制裁。」

「……」

「我那時還以為只是妖怪亂講的，可是妳該不會……」

我的目光促使那男人想起這件事，他聲音顫抖、艱難地說道。

就在這時……

「雷——」

被馨困住的另一個狩人，大概是判斷眼前狀況難以掙脫。

突然用盡全身力氣，發出近似慘叫的大吼。

他喊了……什麼？

「……雷？」

一開始空氣中傳來徐緩的震動，然而那股震動越來越強。

我抬起頭，有一道光宛如落雷般從空中一直線朝這兒落下。

這是什麼？

「真紀！」

馨立刻察覺那道光的危險性，連忙抱起我跑離那裡。

下一秒抵達那裡的光……那是拿著詛咒的刀刺進大地，單膝跪地的一位狩人。
他也穿著象徵那夥人的黑袍，但渾身散發出一股異樣的氣息，與方才兩人不太一樣。
我明白他擁有驚人強大的靈力。
「雷。」
「你來救我們了嗎？」
「……」
叫作雷的那個人，一句話也沒回。
只是舉起纏繞著紫色電光與詛咒的那把刀，將馨困住的那人身上的結界砍斷，再抱起動彈不得的另一人後，就用宛如閃電般迅捷的快腿逃離現場了。
「喂，站住！」
馨正想追上去時，「等一下。」由理出聲制止他。
「別追比較好。那個……至少最後出現的那個狩人，看起來不好應付。明明不是妖怪也不是神，但那種靈力不是一般人所能擁有的。既然不清楚對方的真面目，現在還不是適合深入追查的時候。」
「……可是，由理！」
「沒關係，他們好像已經離開淺草了，而且叶老師的四神有在追蹤他們。我們現在最該優先處理的是把結界柱修復好，避免他們再度入侵這裡。所幸他這次現身，這樣馨以後就能標記他靈力的氣息，沒錯吧？」

馨的表情十分複雜，但既然由理都這樣說了，他便停下腳步。

只差一點就能逮到他們，可以理解他心裡很懊惱，但那些人真的是一眨眼就消失了，其實剛剛應該是追不上才對。

「他們就是……『狩人』。」

我回想剛剛墜落現場的那一道雷光。

局面緊迫，但好像也有股令人懷念的感受。

為什麼我會感到懷念呢？不知道，想不起來。

偶爾會這樣。像這樣體驗到某種既視感。

這麼說起來，叶老師有說過我會跟一個重要的人相逢。

為什麼我會在現在想起那句話呢？

答案我也不曉得，只是內心騷動莫名。

「太棒惹太棒惹～」

「茨木童子大人狠狠教訓了那群壞蛋～」

「不愧是淺草的水戶黃門！」

由於追捕自己的狩人被趕跑了，剛剛還嚇得渾身發抖的那些手鞠河童，歡天喜地四處跳來跳去。

「話說回來，你們明知有壞人正虎視眈眈，怎麼還是隨便跑出來！」
「啊～因為聞到小黃瓜的香味惹。」
「一定是開發出了專門用來抓手鞠河童的河童屋吧～」
「對呀、對呀。」
那些手鞠河童紛紛轉頭看向身旁夥伴，異口同聲地附和，根本沒有反省。
河童屋？那是什麼恐怖東西。
河童的天性沒辦法對小黃瓜的香氣視而不見。這一點就算我痛罵他們一頓大概也是沒用……
「那就請你們鍛鍊出不會輸給誘惑，有如鋼鐵般的強壯心靈。」
「好！是滴～」
「這些傢伙真的有聽懂嗎？」
我半放棄地想著，看來還是只有加強結界這個方法了吧，便回去石濱神社的神域。突然……
「嗚哇哇啊，嗚哇哇哇啊。」
「？」
傳來奇特的孩童哭聲，讓我們都嚇了一跳。
我們四處張望，尋找聲音的源頭。結果在新搭好的石塚下方，看到大黑學長盤腿而坐，正在安撫一個小嬰兒。
「這個嬰兒是哪裡來的？」

「難道大黑學長其實有小孩……」

「不是啦，哪有可能。」

在大黑學長懷中的那個小嬰兒，一邊吸吮手指一邊喊：「這裡是哪裡～我是誰～」似乎感到十分錯亂。光憑他能夠講話這點，顯然就不是普通的小嬰兒。

「老實說，這個小嬰兒就是石濱神社的壽老神。」

「咦？」

我們震驚到愣在原地，大黑學長還拉起小嬰兒的手對我們揮呀揮的。

這小嬰兒是石濱神社的壽老神？

「難道是重新投胎轉世了嗎？他看起來記憶也很模糊的樣子。」

就連由理也因神明的這副模樣而感到困惑。

但大黑學長說：「這種事在神明身上常發生。這傢伙現在是『壽老神貝比』，哇哈哈。」

「壽老神貝比這個命名充滿可以吐嘈之處，不過既然壽老神順利現身了，就代表已經成功修復結界柱，他也取回力量了吧？」

馨確認結界已經開始運作，而神域中原本荒蕪淒涼的大地及汙濁的天空，都開始以結界柱為中心逐漸甦醒，恢復原本美麗的模樣。

另外，直到剛剛為止全都躲起來的石濱神社的眷屬們，聽到壽老神的聲音也都跑了出來。

那幾個眷屬淚眼婆娑地望著再次現身的壽老神，連同安撫著嬰兒的大黑學長一起跪拜。

「好了好了，大黑天我身為七福神之首，就再把它教育成一個熱血男兒吧。」

「唔、唔哇啊……」

大黑學長希望壽老神能受到自身熱情的感化，長成一個堅強可靠的熱血男兒呀。

這樣能說是完成任務……了嗎？

天色全暗了，我們又一整天都在淺草跑來跑去，已經精疲力竭，慢慢地往淺草寺方向走回去。

正要走到淺草寺時，大黑學長像是突然想起什麼，砰地單拳敲擊另一手的掌心說道：

「對了！你們。該來聽一下我還沒說的那個願望了吧！」

「咦？現在？」

我跟馨還有由理，都已經累得不成人形，只有大黑學長依然精神飽滿。

我們全都轉過頭去，準備聽他提出要求。

「只要聽我說就可以囉……我的願望，跟大和有關。」

「……組長？」

「嗯，關於他，有件事我非得先告訴你們不可。」

大黑學長語調沉穩地繼續往下講。

「大和雖然出生於創立了淺草地下街、代代相傳的術師名門灰島家，但他的靈力值極端低下，這件事你們應該也曉得吧。」
「那個呀……組長平常也常常拿來自嘲。」
說他自己力量不足。
但他在其他部分付出努力，光是憑藉著人情味這一點就統整了淺草的妖怪，我認為他非常了不起。
「不過，其實大和小時候擁有的靈力，強大到遠遠超過灰島家歷代子孫。以靈力值來說，差不多都能跟那個津場木茜匹敵了。」
「咦？真的嗎？」
「可是呀……」
大黑學長露出難得一見的沉痛眼神，凝視著淺草夜裡的霓虹燈。
「因為那股力量，他飽受惡夢之苦。還曾因為沒辦法控制過於強大的靈力，讓自己母親身受重傷。所以我決定在他長大成人、需要那股龐大靈力之前，讓他忘卻令他受苦的種種事物，施展了封印那股力量的術法，結果現在這又變成讓他痛苦的原因……」
「……」
「不過大和這個男人比我原本以為的更了不起。正因他深信自己力量不足，才培養出了能夠關懷弱小的強悍。我認為這對淺草地下街妖怪工會這個組織來說，是不可或缺的高貴情操，雖然那些根本沒住在淺草的旁系傢伙經常說三道四。」

最後一句是指之前我在淺草地下街撞見的，組長與旁系爭執的事吧。

他們你一言我一語地批評組長根本沒有能力，差點把他從淺草妖怪工會負責人的位置上拉下來。

大黑學長果然也曉得這件事。

「身處在人類跟妖怪中間，要顧及雙方立場行動，是一件非常困難的事。大和先生已經做得很好了。」

「嗯，那有多麼困難，或許你最清楚不過了，由理彥。」

「淺草的妖怪都很喜歡大和。大家都很清楚他是多麼鞠躬盡瘁地努力著，所以才喜歡他這個人本身。」

「沒錯，能聽到馨你這樣說，我很高興。」

大黑學長緩緩往雷門走去。那是由風神及雷神所守護，中間高掛著一個如烈焰般鮮紅的巨大燈籠的淺草寺大門。

「我希望你們往後也能助大和一臂之力。那是我的願望，也是淺草名所七福神的心願。」

他回過頭，語調威嚴地告訴我們。

接著不知從何處掏出打出小槌，高舉到空中。

「所以我也打算給你們加持，那個加持是『所願成就』。」

學長揮下小槌，擊打在什麼東西都沒有的虛空中，發出清脆響亮的聲響。壓迫空氣流動的神力滲透進我們體內。

「這個……該怎麼使用呢？對什麼有用呀？」

雖說獲得了加持，但我們也不曉得要如何使用，內心充滿困惑。

「哇哈哈，不用那麼擔心。只要強烈地祈願，它就會變成協助願望成真的助力。這次我授予你們的加持，將來有一天大和也會需要。等到時機來臨，只要你們待在他身旁，大和的力量就會獲得解放。他肯定會想起很多事情吧……到時候，希望你們能接受那個他。」

「……學長？」

大黑學長似乎還藏著什麼重要的事沒說。

只是從學長的表情能發現他非常疼愛組長、愛操心的一面。

大黑學長一走過雷門，身影就突然消失了。

想必是回到大黑天所鎮守的影向堂了吧。

但組長也不容小覷。一個人類能讓妖怪和神明都如此喜愛是極為少見的。那可是沒有其他事物能夠取代的才能吧。

那些看不起組長的人類，能否理解這一點呢？

隔天我們造訪淺草地下街想報告修復結界的事，但沒能遇見組長。

我們在石濱神社旁的河岸，遇上正在捕捉手鞠河童的狩人。

然後順利救出那群手鞠河童，修復了結界。

我們將這些事跟留守淺草地下街辦事處的工會成員說明。

組長好像有案件必須離開淺草一陣子不可，所以才將修復淺草七福神結界的任務交給我們。

至於組長現在在忙些什麼，工會成員不肯透露任何詳情。

敵人的模樣也日漸清晰，淨是些充滿火藥味的消息。

希望組長不要亂來才好。

第七章

落幕在白色情人節

抬頭望向隅田川旁的櫻花樹，櫻花已紛紛綻放了。

這般春意盎然的三月中旬。

馨從幾天前就開始不經意地問白色情人節想要什麼回禮，剛好家裡的米快吃完了，我就每次都回答他想要米。

「我就知道妳會說出這種一點都不浪漫的願望。不管怎樣，我們算是才剛開始交往耶。」

「這是白色情人節呀。我現在最想要的白色食物就是白米呀，而且我要新潟產的越光米～」

「……」

馨欲言又止、神情複雜，但放假時還是帶我一起去買米。

平常我們都會買最便宜的，但這次依照我的要求選了新潟產的越光米。

新潟產的越光米！

於是今天晚上，就來準備跟熱騰騰的白米飯最搭配的菜色。

「噔噔！是酒蒸白菜豬肉喔～」

將白菜和豬五花肉切成一口大小，依序將兩者交錯鋪滿整個鐵鍋，再倒入適量的料理酒與清水下去蒸。步驟就這麼簡單。

等到蒸得差不多就可以配上桔醋吃。

「呼呼。啊……嗯嗯。」

我將熱騰騰的白飯扒進口中，用心感受白米的甜味和香氣，然後夾起白菜跟豬五花肉沾著桔醋一起吃。

就是這個味道。豬五花肉跟白菜，簡單卻是絕配。

「簡直就像我跟馨一樣耶～」

「啊？」

加酒蒸煮將食材美味全數引出來，再搭上桔醋畫龍點睛。這道菜雖然容易，但配上白飯真的是美味得驚人。

「新潟的越光米果然粒粒分明又飽滿，還閃閃發著光。剛煮好的又特別鬆軟，好好吃喔～」

「啊，小麻糬用遠超乎平常的猛烈速度在吃飯，糟糕了……給這小鬼知道新潟越光米有多好吃了。」

「噗咿喔～」

小麻糬吃得出白米的味道差異。

他的鳥喙上黏了許多飯粒，我伸手幫他拿下來。

「小麻糬，還有這個。」

我順勢試著讓他吃看看涼拌紅蘿蔔，可是……

「噗咿喔～噗咿喔～呸！噗咿！」

「啊，這小鬼又把紅蘿蔔吐出來了。」

「你很沒禮貌喔，小麻糬！」

「噗咿喔？」

「……想裝可愛蒙混過去啊。」

貪吃的小麻糬讓人忙於應付，但該有的規矩還是要教。而我自己也要反省，下次要花多點心思，想辦法讓小麻糬願意吃紅蘿蔔。

「如果是紅蘿蔔果凍，小麻糬會不會肯吃呢？」

「……果凍呀。」

他喜歡滑溜閃亮的東西，而且甜甜的點心應該能夠引發他的興趣。不過馨好像因為這兩個字想起什麼，少見地主動提起阿水的藥局說：「明天放學後我們去千夜漢方藥局一趟吧。」

「咦？我是這樣想呀，也要去接小麻糬。」

為什麼會突然提起阿水的藥局呢？

不過馨好像只有要問那件事。

「那些傢伙現在……不，沒什麼。」

而且還喃喃地嘟噥著一些不曉得什麼意思的話。

○

那天夜裡，我作了一個夢。

美麗的水蛇與紅髮公主的夢。

啊啊，這個是前世茨姬的夢呢。好懷念喔。

那是茨姬還是人類時，遇見仍擁有邪惡心念的水蛇。

一開始那隻體型嬌小的水蛇出現在宅邸的庭院裡。

「哎呀，好漂亮。」

茨姬主動對水蛇說話。原本他應該是人類看不見的魔物，但茨姬看得到。通透的蛇身映照著月光，那副身影簡直像是水晶藝術品般神祕又美麗。

等注意到他是妖怪時，已經太遲了。

茨姬遭那隻小蛇咬破手指，淌出的鮮血滲進水蛇體內蔓延、溶解。

或許就是在那一次，水蛇記住了茨姬血肉的滋味。

茨姬因蛇毒發高燒臥病在床一陣子，徘徊在生死邊緣。

那段期間宅邸周圍接連發生有人被咬死，或遭到毒殺這類奇怪的命案。流言四起，說是茨姬帶來的災厄。

雙親再也無力負荷，便把茨姬託付到安倍晴明宅邸。不過水蛇沒有因為這點困難就放棄她。

他化身為俊美男子，從施展了結界的晴明宅邸外頭呼喚茨姬。

『茨姬大人，您的母親因為太掛念您而病倒了。她說想要見您，請您去見她。』

這隻水蛇之前肯定很用心觀察茨姬吧。

他很清楚說什麼能讓茨姬願意踏出宅邸。

沒錯。茨姬……我從那間屋子、從晴明施下的結界走了出去。

儘管如此遭到母親嫌棄，長年被冷落，她還是思慕著母親、渴望她的關愛。

不過她一奔出宅邸就遭到大水蛇襲擊，側腹被咬了一口。

大水蛇是打算要吃掉我的吧。

『妳問我，不是說妳母親想見到妳嗎？啊哈哈，那是騙妳的。妳不在了，她現在可是很輕鬆愉快咧。』

……是的。

『沒有人需要妳，沒有人愛妳。真是寂寞呀。』

……嗯，我曉得。

『那麼妳對這世界應該沒有任何留戀了吧。讓我吃掉正好。那個血肉可以作為水蛇我的糧食永遠存活著，妳再也不用為任何事而悲傷了。』

水蛇語氣慈祥，朝著絕望落淚、倒在血泊中的我，溫柔地曉以大義。

接連說出一句句極為冰冷、深深刺進內心的殘酷話語。

那天夜裡，空中掛著鮮紅色的滿月。

茨姬在劇烈痛苦、以及甚至連疼痛感受都逐漸模糊的朦朧意識中，仰頭望著紅色月亮心想：

「啊啊，只要我在這裡死去，就不用再遭別人嫌棄，也不會再讓雙親煩惱了吧。」

就連晴明想必也覺得終於擺脫一個麻煩的大包袱，神清氣爽吧。

以前見過的那位黑髮的……那個鬼，後來也都沒再來了呢。

遭到妖怪的話語所蒙蔽，不聽晴明的吩咐走出宅邸。

我真是傻瓜。

結果只是再次證明了，沒有任何人愛我而已。

撲通、撲通。

啊啊，血……鮮紅血液逐漸擴散。

後來的記憶直到今天仍十分模糊。

茨姬在被水蛇吃掉之前從人類變成鬼。失控的靈力將大地連同正打算啃食茨姬的大蛇身體一起撕裂了。

契機是死亡逼近眼前嗎？

或者只是碰巧發生在那一天呢？

我捨棄身為人類身分作為代價保住了一命。但等我清醒時已經被關進地牢，身上綁著鎖鏈。

陰陽師安倍晴明和退魔武將源賴光合力制伏了變成鬼的茨姬，把她抓起來。

這是茨姬在酒吞童子把她擄走前的故事。

○

「嗨～歡迎光臨，真紀。」

「歡迎來白色情人節的宴會。」

「咦、咦？」

今天是白色情人節「前一天」，比往年還要暖和。

放學後，我們一到幫忙照顧小麻糬的阿水藥局，阿水、影兒、小麻糬就一起朝著我跟馨拉拉炮。

拜他們所賜，我們全身都是色彩繽紛的紙片。

「各位是怎麼了？難道是為我特別準備的嗎？白色情人節是明天喔。」

「真紀妳猜對囉。我們想說白色情人節當天，妳在學校也會收到很多朋友送的禮物呀。而且要是搶了當天的風采，對馨也不好意思～」

「大叔你別在這種奇怪的地方體貼好嗎？」

「不要叫我大叔。」

阿水推了推單邊眼鏡，毫不示弱地向馨回嘴。

「我可不是大叔，是位正經的社會人士，超有常識的，也會用心準備得體的回禮。跟居然送米當白色情人節回禮的馨可不一樣喔～」

「囉嗦耶，是女王陛下吵著說，肯定是新潟越光米比較好的。」

「誰是女王陛下，馨？」

「好了好了，我剛剛就注意到你們要打情罵俏了，結果立刻就開始啊。」

阿水啪啪地拍了兩下手，影兒便從裡頭抱著東西走出來，然後在前方桌面擺上一個大型透明碗。

那個大碗裡盛著鮮豔冰涼的點心。

「哇啊啊～這是什麼？水果潘趣酒嗎？」

色彩繽紛的水果閃耀著光芒。

不過阿水搖搖食指，一臉得意地說：

「不太一樣喔～這是叫作九龍球的台灣甜品，真紀。」

「酒龍求？」

「在球狀果凍中封進各式各樣的水果！是我跟阿水昨天晚上一起努力做的。」

「影兒只有幫忙切水果而已吧，還受了一堆傷。」

影兒手指上真的貼著一大堆ＯＫ繃，肯定是很努力在挑戰自己不習慣的事吧。

提議這道點心的人想來是阿水。他什麼都曉得，又對製作中式點心與料理很在行。

「不管怎樣，這道點心真的很漂亮耶～好像寶石盒一樣。」

比彈珠稍大，透明又滑溜的球狀果凍。

裡頭封著五顏六色的水果。

葡萄、草莓、藍莓、奇異果、芒果、白桃、洋梨、橘子、無花果……啊啊，都是我超喜歡的水果。還放進了一些杏仁豆腐，這點也很棒。

「看起來好像青蛙蛋……」

「啊！馨，拜託你不要隨口就講出這種糟糕的形容！」
阿水氣呼呼地斥責馨，手裡還忙著用勺子將這個叫作九龍球的中式甜品連同甜湯一起舀起來，盛進輕薄的玻璃器皿。
我則著迷地望著那道不可思議的點心。
今天有點熱，影兒端出用心萃取的荔枝烏龍茶給我們飲用。
「好了，真紀吃吧吃吧。順便也讓馨你吃看看好了……喂，你怎麼已經在吃了！」
「廢話，我也有出一點錢呀。」
「咦？真的嗎？」
我輪流看向阿水和馨，立刻將一顆漂亮的九龍球吃進嘴裡。
「嗯！」
噗茲一口咬下去，果凍迸裂開來，新鮮水果的甜酸香氣擴散到整個口腔，我不由得綻放滿臉笑容。
是藍莓！
「怎麼樣？好吃嗎，茨姬大人？」
「嗯嗯！這個好棒喔。冰涼清爽，酸甜不膩口。像今天這樣比較暖和的日子，最適合吃這種點心了！」
我興奮地拉起影兒的手晃來晃去。

影兒看到我開心的模樣，似乎非常感動。

阿水也用長袖掩嘴輕笑。

「呵呵呵，其實呀，我想說白色情人節的回禮要是跟馨一樣就不好了，所以有事先跟他聯絡。」

「這個不可能會一樣啦。」

「他說回禮最後可能會是白米，我就問他要不要加入我們的計畫，才請他買了橘子和桃子罐頭過來。」

「沒錯，就是這麼回事……謝啦。」

阿水實在是……

不管他嘴上怎麼說，卻連馨的事都掛心著，用心守護我們的關係。

「影兒也是，當然還有馨，真的謝謝你們大家，我超級喜歡這個的。你們有記得我想吃很多水果的願望耶，我待會兒要吃很多碗。」

「當然！茨姬大人，妳盡量吃。」

「不要吃太多弄壞肚子喔……啊，小麻糬，你也吃得冷靜一點！果凍都飛得到處都是了。」

馨讓小麻糬坐在他大腿上吃，小麻糬興奮地「噗咿喔、噗咿喔」一直叫。

他似乎很喜歡，下次請阿水教我做法，用來做紅蘿蔔果凍好了……

阿水肯定在準備的過程，就想著要讓在場的每一個人都能開心享用。因為他比任何人都了解，我希望跟大家一同度過美好時光的心願。

至於阿水本人正待在敞開的窗戶旁，從稍遠處望著我們，露出和藹的微笑。

「……」

我突然想起昨晚夢見的，千年前的夢境。

第一次遇見阿水，被他逼到走投無路，變成茨姬後打倒他。後來又把他納為自身眷屬，那遙遠的過往記憶。

「欸，阿水。」

我緩緩開口詢問。

「阿水，你現在幸福嗎？」

面對我突如其來的問題，阿水沒說話，只是露出了驚訝的神情。

不過他立刻端出一張成人樣的笑臉。

「為什麼這麼問？真紀，妳現在看起來很幸福，所以我也很幸福喔。」

在場所有人都靜靜聆聽著我們的問答。

阿水將視線轉向窗外，開始講起過去的事。

「真紀妳還記得嗎？我們在這輩子第一次相遇時的事。那時你們還是小學生吧，剛好是跟現在差不多的季節呢。」

對於這個話題，接腔的人是馨。

「啊啊，那天的事我記得一清二楚，直到現在都忘不了。在櫻花開始綻放的公園裡我們突然遇見你，你立刻發現真紀就是茨姬的轉世，緊緊抱住還是小學生的真紀嚎啕大哭。警察還以為你是可疑分子，差點要把你帶走……」

「喂，馨你閉嘴啦！」

咳咳，阿水清清喉嚨掩飾不好意思。

這時有一片櫻花花瓣乘著傍晚偏涼的微風，飄進這間房間。

那片花瓣飄過眼前時，他輕輕闔上雙眼。不久之後又將那雙蛇眼睜開一道細縫。

「我呀，一直以為再也見不到茨姬了。即使如此自己還是不得不繼續活下去，當時正對這樣的自己感到有些厭煩。」

阿水靠在窗邊，傾訴著平常絕對不會透露的話語。

他思念著茨姬，身處滾滾紅塵之中，只是日復一日地活著。

那時候每一天都只是漠然度過。

「所以呀真紀，我在跟茨姬大人重逢的那天，第一次對神充滿了感激喔。因為妳作為人類投胎轉世，身旁還有酒吞童子在，那肯定是我祈禱的奇蹟……千年很漫長喔。」

或許是經歷過同樣的心情吧，影兒也皺著眉，神情憂傷地聽阿水述說。

千年很漫長。親身體驗過那段時間有多長的，只有眷屬他們而已。

「所以這輩子你們一定要幸福。只要有我能做到的，不管什麼我都願意做。我就像是妳的家人，能夠從旁守護著妳……只要這樣，我就非常幸福了。」

「……阿水。」

他大概是發現氣氛變得沉重吧。

阿水「啊」地一聲，擺出逗趣的神情，朝馨眨了眨眼。

「會順便連馨一起守護的啦。哈哈哈，老公大人，這輩子真紀就拜託你囉。」

「你是真紀她爸還是誰嗎！」

「老實說我現在的確是這種心情喔～啊，不過當哥哥也可以吧～不准叫我大叔，不過叔叔的話我還勉強能夠接受。」

「絕對不要，我可不想要有你這種親戚。」

阿水或許只是在開玩笑。

不過真的……自從爸媽過世之後，他似乎接替了那個位置。雖然他口頭上什麼都不說，但好像總是不經意地以長輩之姿關照我，成為我內心的支柱。

他真的是毫無保留地疼愛我，從來不求回報，令人不禁想要落淚。

他就是這樣的前眷屬。

「我……我也最喜歡茨姬大人了！雖然最近才重逢，但我也是從很久以前就一直一直一直很想念妳！」

影兒不服輸地接著說。

「所以我現在非常開心。在茨姬大人生活的淺草，跟以前的夥伴一同度日……回想當時的事，就像一場夢一樣。偶爾我也會想，這些其實是在作夢吧？等我醒來睜開眼睛，我還是獨自待在那個混濁的河底深處吧？」

「影兒……」

影兒眼眶泛淚，小麻糬伸出翅膀摸摸他的頭。

而影兒緊緊抱住小麻糬，按捺想哭的衝動。

「嗯，我們想說的就是，真紀、馨，不管是我還是影兒，都很重視、很喜歡你們兩人。啊，馨比較像真紀的附屬品就是了。」

「我知道啦。你若是認真來愛我這個人，我也會很困擾。」

馨語帶不屑地回擊。

不過他的表情透露出，他非常非常了解他們的心情。

「啊哈哈，那當然，何況我們也不是酒吞童子大人的眷屬。不過，果然你們兩個是命定的伴侶，誰獨自一人都是不對的。在這層意義下，茨木童子和酒吞童子各自的眷屬，不管侍奉的是哪一位主人，都一定會希望你們兩人幸福，會同時守護你們兩人吧。」

「……」

「就算講的話和行動朝著不同的方向，但最終的目標、心中描繪的理想國度，應該都指向同一個地方吧。就連凜也是……雖然大江山的狹間之國已經消失了，但希望最後大家能一起在淺草這裡獲得幸福呢。」

在淺草這裡。

這句話從阿水口中說出來，令人極為傷感，卻又有種獲得救贖般的心境。

無論阿水或影兒，肯定也都想要獲得幸福。

不只是我的幸福，不只是馨的幸福，我也希望讓他們幸福。

大家一起幸福。

希望這個心願成真的心情幾乎要滿溢而出，我的眼眶滾燙不已。

「真是的……今天明明只是白色情人節……為什麼會講到這麼讓人想哭的事啦。」

既不是生日，也不是什麼紀念日。

但我內心五味雜陳，順著翻騰而上的溫熱情感說道：

「謝謝……謝謝，阿水、影兒，嗚嗚～」

我抽抽噎噎地哭了起來，同時大口吃著阿水跟影兒為我準備的九龍球。

「啊，這傢伙已經放棄小碗，直接用湯匙從大碗裡舀來吃了。」

「算了算了，沒關係啦，我們就把剩下來的水果慢慢分著吃掉吧。」

好好吃。

全心全意的深刻感情。

我能領會眷屬們懷抱著如此深刻的情感走到今天，那段空白的時光有多麼孤單與悲傷。

茨姬，罪孽深重。

讓影兒陷入孤單深淵。凜直至今日還困在對茨姬的懊悔之中。

還有阿水……阿水，他是在茨姬斷氣那一刻，陪在她身邊的眷屬。

我想他比任何人都還要希冀茨姬下輩子能獲得幸福。

只有這件事，馨和影兒都不曉得吧。

阿水這位茨姬的前眷屬會在我們投胎轉世之前就待在淺草，這並不是偶然。

而是他長久以來一直留在淺草。

——沒錯。

淺草正是茨姬命喪黃泉，然後又投胎轉世的土地。

所以我們每一個人，才會不約而同地依據自己的信念和決心，漸漸聚集到這裡吧。

為了在淺草，大夥再一次聚在一塊兒開宴會。為了這個願望。

那麼我要繼續在淺草，為他們歌誦愛的篇章。

〈裡章〉阿水遇見昔日好友

我的名字叫作水連，是一種稱為水蛇的中國妖怪。暱稱是阿水，也有人叫我千夜漢方藥局的水連醫生。

我開始落腳淺草是在明治初期。

當時由於各種因素，我留在這塊土地上親眼見證了人類的戰爭。為了治癒那些因戰火而受傷的人類與妖怪，我活用擅長的醫藥學開始經營藥局。

加入淺草地下街妖怪工會也是在那個時期。我與原應憎恨的人類攜手合作，為了讓人類與妖怪能在「淺草」這塊土地上安居樂業，花時間協助他們建立各種基礎架構。

為什麼我願意這麼做呢？

答案只有一個。為了茨姬大人與她的丈夫酒吞童子再度出現在這塊土地上的時刻，一直、一直努力準備著。

明明根本沒有證據顯示，我能和他們重逢。

「嗯～今天也是好天氣。」

雖然我是妖怪，但每天都起得很早。

畢竟長年以來都配合人類的作息生活，身體已經完全適應那樣的生理時鐘。我想淺草妖怪應該皆是如此。

我從一大早就勤奮地開始調配並分裝客人下訂的藥方。

然後幫藥草澆水，給眷屬蔬菜精靈花蜜、打掃店裡、做早餐還有晾衣服……

再來就是那傢伙。

「喂～影兒，你也差不多該起床了。今天親愛的真紀也會帶可愛的小麻糬過來喔。」

我砰地一聲拉開壁櫥，手拿勺子敲響大鐵鍋想要叫醒正呼呼大睡的影兒。我身上還穿著圍裙，根本就是媽媽。

蠢兒子——不，是沒路用的烏鴉，或者說沒路用的弟弟眷屬影兒，正緊緊抱著棉被。

「嗯……吵死了，阿水。不要吵我睡覺，走開啦。呼……」

「受不了，你早上真的都爬不起來耶。」

待會兒起床後又要抱怨怎麼沒叫他起來，他好想跟茨姬大人道早安喔之類的。

不過算了，妖怪本來就是這種生物。

夜裡清醒、白天休眠。若非像我這樣長時間適應人類的生活節奏，本能這種東西沒那麼輕易可以反抗。特別影兒是太古妖怪，那種傾向更為明顯。

是說以前我也是那樣。

千年前我可是貨真價實的妖怪。黑暗的化身。

熱愛人類的血肉與骨頭，喬裝威嚇他們、誘騙他們。

無數次趁著夜色幹些殘酷勾當。

人類這種生物，與妖怪相比真的很脆弱。壽命又短，隨便就會死掉了。

一下就會因一些無關緊要的事情受傷。無論身心都是。

人類當死亡逼近眼前時，身陷絕望深淵的那種表情，當時的我真是愛得不得了……

不過現在我再也不想看到那孩子露出那種表情。

如今我只一心祈求那孩子能夠獲得幸福。我真是個無可救藥的男人，無可救藥的妖怪。

「阿水，今天小麻糬也可以拜託你嗎？作為交換我會再來店裡幫忙的。」

「小事一樁，真紀。妖怪客人也有很多是小麻糬的粉絲，而且小麻糬在的話，影兒也會想做好哥哥榜樣而特別努力。」

茨姬大人。不，現在已經是人類女孩的真紀，今天早上也跟前酒吞童子的馨一起過來我店裡。

他們開始養小麻糬之後，去上學時就常把小麻糬寄在我這邊。

拜這所賜，我能看見真紀的日子也變多了。

「噗咿喔～」

小麻糬朝要去學校的真紀和馨頻頻揮手。

這個孩子對我和影兒來說也是每天的心靈綠洲，帶給我更多與真紀他們交流的機會，是企鵝寶寶模樣的邱比特。

「啊……我又沒能跟茨姬大人說早安了！阿水，都是你沒有叫我起床害的啦！」

「少鬧脾氣啦，影兒。好了，乖乖吃早餐。」

「啊……是甜煎蛋的香氣。」

影兒搖搖晃晃地飄到餐桌前。

我可是位重視生活的獨身男子，對煮飯還有幾分自信。

影兒的味覺就像一個貨真價實的日本妖怪，他最喜歡偏甜的煎蛋。

我每天早上都一定會做給他吃。

但我是中國來的妖怪，比起甜味其實更喜歡辣的。

「阿水～店門口掃好了，還有什麼要做的？」

我在分裝要配送的藥品時，圍裙打扮的影兒回來了。

影兒後頭還亦步亦趨地跟著手拿雞毛撢子的小麻糬，他模仿影兒的動作東敲敲、西拍拍。

「影兒你是怎樣？今天特別積極想幫忙耶，平常明明老是不甘不願的。」

「因為……我也差不多該獨立，對茨姬大人有所貢獻。現在這樣下去，根本完全沒有進步，我得要更加努力守護……茨姬大人與馨大人的和平生活才行！」

影兒高舉拳頭，氣勢十足地發表決心。

昨天才出現那種對話，今天他就展現了超越以往的幹勁。

我的真心話其實是，你這個今天早上也沒辦法自己起床的人少說大話就是了。

「啊～這個氣勢很棒，還是先稱讚你一下好了。不過呀，還是要在自己能力所及的範圍內適可而止呀～你要是亂來而發生什麼意外，反而會惹真紀傷心喔。」

這個弟弟眷屬雖然平時總讓人火大，但他自己也是有在考量各種事情的吧。

我有一丁點感動，伸手輕拍他的頭，結果他生氣地罵：「不要碰我，禿頭！」還用力揮開我的手。誰是禿頭啦。

「那麼今天也要拜託你跑腿。你把跟平常一樣的藥送去給田原町的小鳩爺爺，回來路上再去買砂糖、牛奶。對了，還有去道樂高湯的自動販賣機買濃縮高湯，要烤飛魚昆布的喔。中午我想煮海帶芽烏龍麵。」

「好……那個，砂糖、牛奶、濃縮高湯……要烤飛魚的。」

這種時候他就會乖乖聽人講話，也會仔細做筆記。

因為他老是立刻忘記跑腿該辦的事，所以之前我就建議他可以抄筆記。這點他似乎一直放在心上。

不久之前他還很恐懼出門，但現在好像已經不會怕了。

也漸漸習慣跟顧客交流。像是跑腿送藥給附近客人這種差事，現在的他已經可以毫無困難地完成。

「小麻糬，我們去散步吧。」

「噗咿喔，噗咿喔。」

沒錯，這種時候他一定會帶上小麻糬一起。就像是個可靠的夥伴一樣。

被抱在影兒懷裡的小麻糬最喜歡散步了，看起來也很開心。

「不要跑到其他地方玩喔。還有可以買點心給小麻糬沒關係，但考量健康因素，只能給他吃一個喔，最近他越來越圓了。」

「我知道啦！阿水你有夠囉嗦。」

影兒對我吐舌頭，將藥放進手提袋便抱著小麻糬出門。還像小朋友一樣把木屐踩得喀啦作響。

「……呼～孩子們都出去啦。」

我到店面旁邊的藥房抽起菸斗，稍作休息。平常孩子們在時我都會盡量克制。

那麼……有好多事情要想呢。

我能為茨姬做的究竟是什麼呢？

「我想大概是幫她找出過去的眷屬木羅羅吧。」

那是她在這輩子還沒重逢的最後一位眷屬。

我在大桌子上攤開青木原樹海的地圖，依照影兒的記憶和他之前的描述，推敲那株藤木苗究竟會種在哪兒。

選一天跟影兒一起去找吧。

「富士山樹海呀～自殺聖地耶。感覺會有超多幽靈的……」

雖然說妖怪怕幽靈聽起來很沒用，但幽靈是完全不同的存在呀，畢竟就連真紀都會怕了。

不過，無論如何我都想幫她跟前世的緣分重新牽上線。

「喂，水連。」

無聲無息地，那傢伙驀地出現在眼前。

是說，我早就發現這傢伙闖進家裡了啦。

「凜，有何貴幹？你居然會來找我真稀奇耶。話說回來，這是非法侵入民宅吧？」

他對茨姬而言是第三位眷屬——凜音。

肌膚像是血氣不足般蒼白至極，還有那張千年不變的冷傲臭臉。他正瞪著我。

啊……因為那隻從影兒身上搶走的黃金之眼，他雙眼散發著不同色彩。

凜原本就苗條，看起來也沒有好好照顧自己，變得很清瘦。

「對了，聽說你上次跟吉原遊女玩得很開心喔，怎麼樣呀？」

「一言難盡！我還以為死期到了！」

哦。他說遭到各種蹂躪，差點死掉。

我也不曉得自己是羨慕還是不羨慕。而凜大概是想起可怕的記憶，陷入一陣慌亂，臉色更顯蒼白，不過他立刻恢復冷靜，「哼」了一聲，交叉雙臂。

「水連，你還是那張奸笑臉耶。」

「不然咧，我要是沒了這張笑臉，還剩下什麼呢？」

「……你為什麼老是裝出這張可疑的奸詐笑臉？我從旁看著，老實說實在無法理解。明明你親眼看見，茨姬是在那種情況斷氣的。」

「……」

此刻我臉上大概是刻意持續維持著凜音所說的那張奸笑臉。

就這樣用低沉的聲音回：「也是呢。」並將透涼的靈力送進菸草散出的白煙，讓它在空中飄盪著。

「因為如果我們不笑得很幸福的樣子，真紀就沒辦法安心吧？只要能看到那孩子幸福的表情，我不管在哪種狀況都笑得出來喔。」

我抽了一口菸斗，吐出的白煙模糊了視線。

白煙裊裊飄動，環繞住凜的時候，蛇的視線緊緊捕捉住他的身影。

「凜，你也差不多該長大，從叛逆期畢業了吧。你想做什麼，我也不是不曉得。」

「哈，你這語氣很說教耶，水連。我從以前就一直很討厭你這種愛裝成大哥眷屬的模樣。」

「你看看，就是這種渾身帶刺的地方～我不是愛裝成大哥眷屬，我就是大哥眷屬啊～雖然現在已經不是眷屬了。」

「……」

受不了，凜也是，跟影兒根本半斤八兩。

與我相比還是個小朋友，非常任性。

不過對真紀來說，凜是必要的，這也是不會改變的事實。

「欸，反正你看來都在淺草附近晃來晃去，要是沒地方去，要不要來住我這兒？我家還有空房間，也會煮飯給你吃。還可以拜託相熟的醫生，定期幫你準備鮮血喔。只是要住這裡，我可是有一大堆工作希望你幫忙就是了。」

「絕對不要，我也是有地方住的。話說回來，與其跟你和深影一起生活，不如慘死在荒郊野外還好得多。」

「有這麼討厭？」

嗯……如果說影兒是狂妄愚蠢的小學五年級生，那凜就是止值叛逆期的高中一年級生。

「不過你也想成為真紀的家人吧？」

叩，我將菸斗裡的菸灰倒進菸灰缸。

接著將我們從許久以前就一直非常清楚的那句話說出口。

「我們絕對沒辦法成為那孩子的第一。」

「……」

「但我們可以作為家人，在身旁一直守護著她喔。」

凜聽了將目光瞥向一旁。

「水連，你從以前就是個奇怪的傢伙耶，為什麼能這麼想呢？就只有你總是能夠退一步想、保持平靜。」

「說的也是呢，我有時候也會討厭自己這種個性。會想找回妖怪的那種殘忍無情，像以前那樣乾脆把想要的事物全都弄到手……」

凜再度將視線轉向我，我放下心來繼續說：

「不過已經辦不到啦，我已經放不下茨姬了。我對她做了無可挽回的錯事，但她卻原諒我，將我安置在身旁。雖然我不是她心中的第一名，但是我是第一個眷屬……那是我的驕傲，所以沒辦法。」

「那你就用你的做法，悠哉地守護那女孩吧。我要用我自己的方式，守護茨姬的尊嚴和理想。」

「哦，不管嘴巴上怎麼說，你果然也是想要守護真紀不是嗎？果然我們身為眷屬，就算契約結束，也還是會不由自主地關心主子呢～」

「少囉嗦！不要講這種噁心的話！」

凜用力將雙手壓在桌面上失控地大喊。就在這時候——

「？」

凜突然摀住黃金之眼，表情因疼痛而扭曲。
「怎麼了？凜？有東西跑進眼睛嗎？要眼藥水嗎？」
「不是……這個是……」
凜立刻回復冷靜。
「深影遭到攻擊了。黑色長袍、還有捕殺妖怪用的咒杖……這是『狩人』的特徵。」
「！」
我慌忙站起身拉開窗戶，盯著天空。
我拜託他去跑腿，那個方向是……
田原町，在七福神的結界以外。我太大意了。
「喂，你要去救他嗎？深影也是茨姬大人過往的眷屬，不會輸給狩人那種程度的傢伙。」
「不、不行。既然是狩人，代表對方是人類。影兒現在遭到封印，無法攻擊人類……」
我伸手握住門把正打算出去時，瞥了凜一眼。
「凜，你立刻去找真紀。他們特意拿影兒當目標，表示也已經鎖定茨姬大人的存在了。」
「……這個……」
「快去！她的學校在上野，那裡是淺草結界的外面！」
真紀身旁有馨和鵺大人，還有安倍晴明的轉世在。
應該是不會出什麼亂子。但意料之外的攻擊有時會讓人因疏於防備而產生破綻。

我叫知道情況的凜去找她，自己立刻動身趕往影兒那裡。

我四處搜尋他的靈力。這是我的強項，而且我聽得見。

那是小麻糬的哭喊聲。

那孩子是月鶇，他的聲音特別響亮。

他是在向我求救吧。多虧了他我立刻就找到他們的所在位置。

「影兒！」

田原町人煙稀少的小巷裡，影兒變成小烏鴉的模樣，被竹籠網狀的束縛術困住了。同樣遭困的還有他張開雙翅護著的小麻糬。

我從懷中掏出八卦符，朝那個竹籠網狀結界擲去。

「解！」

對於那個竹籠網狀結界，我有很不愉快的印象。

那跟過去那個叛徒水屑用的東西很像。

「……阿、阿水……」

「影兒，你真棒，有好好保護小麻糬，是了不起的哥哥喔。」

我輕撫影兒凌亂不堪的羽毛，緊緊抱住哭個不停的小麻糬，驀地將視線往上抬。

「誰呀，破壞我的術式……」

「這傢伙我曉得，是淺草一個叫作水連的藥師。資料上有寫，他有很多人類顧客，要是對他下手會很麻煩。」

「他是茨木童子的手下？真的還假的呀？附加價值很高喔～應該可以高價賣給一些狂熱收藏家吧，哈哈哈。」

身穿黑色長袍的傢伙從屋頂和外牆燈上俯視我們，毫無顧忌地大放厥詞。

三個人，跟之前真紀他們說的狩人特徵相符。

雖然長相看不清楚，但像是遭到人類社會放逐、野狗般的眼睛倒是看得非常清楚。

無法融入人類，也無法融入妖怪的傢伙，眼神全都是這樣。

「兩隻都抓起來吧。」

其中一人不曉得朝我們拋來什麼東西。

小瓶子？

我立刻站到影兒身前，用袖子擋住。

「！」

瓶子灑出了少量的不知名液體。

那股曾經聞過的酒香，讓我受到極大衝擊，頓時一陣暈眩襲來。

這是——

「影兒，你動得了嗎？」

「……咦？可、可以。」

「好，那你再跑個腿。把小麻糬平安帶到茨姬大人身邊。我知道傷口可能會痛，你忍耐一下。」

「那阿水，你也……」

「不，我留在這。我最珍視的那孩子沉眠的淺草，不能再容許這些傢伙胡作非為……」

「……阿水？」

「狩人是我最討厭的人類。把妖怪當家畜般對待，認為他們只是商品。冷酷、殘忍、無情又自我。」

那不就是過去的我？好吧，大概是。

就是所謂的同性相斥啦。

「好了快去，影兒。」

我從懷中掏出藥包，在影兒和小麻糬身上灑滿亮晶晶的粉末。

這是真紀誤觸的那個「強制變化藥」。使用了「朧花」這種透明花朵的花瓣當作藥材，所以能讓他們強制性變成朦朧難辨的存在。

影兒和小麻糬的身影瞬間從眼前消失。

人明明還在這兒，只是看不見而已。

我推了推他們，催他們趕緊動身。

強制變化藥在協助變成平常無法喬裝，或難以喬裝的妖怪時也很好用喔。

「……接下來，該怎麼做咧？」

這些傢伙就在眼前，我得想想辦法，不過我的力量暫時遭到封印了。

沒錯，剛剛那瓶酒是「神便鬼毒酒」。

沒想到我居然會再一次，因為這種酒而力量受封印呢。

「獵物消失了，雷，怎麼辦啦？」

「什麼？老闆有特別交代我們要抓住八咫烏耶！竟敢違逆偉大的人類，別開玩笑了！」

那些黑袍傢伙在說什麼？發牢騷？

「別開玩笑？居然說別開玩笑……什麼？偉大的人類？」

我站起身，拍拍外衣淡淡地問。

「那是我的台詞。確實這裡是由人類所支配的現世沒錯，但你們這些傢伙幹的勾當就跟盜獵者一樣，即使是人類也要遭到懲罰的惡質行動。你們才不是什麼偉大的人類喔。硬要說的話，頂多是人渣。」

「……啊？」

「你們是對妖怪有什麼深仇大恨嗎？過去受過傷害、遭到虐待，還是遇上不合理的欺凌嗎？」

啊，我懂我懂。因為我過去就是傷害了無數人類。

遭到憎恨、遭到嫌惡，那是當然的。理所當然。

被尋仇，被殺害。

「可是不要把那些認真生活的妖怪扯進來喔。淺草妖怪大部分都是踏實做生意、想要讓人類開心的善良妖怪。就連人類中也有許多人能心胸開闊地面對妖怪。不要把你們的恩怨帶進這種地方可以嗎？就是因為這樣才會不管到何時、不管到何時……」

都不會結束。

人類與妖怪的戰爭。從千年前開始。

「你在胡說些什麼呀。這裡不過是一塊至今沒人碰過的獵場罷了。」

「是叫作淺草地下街嗎？就因為他們老是搗亂。不過……嘻嘻嘻！那傢伙也快完蛋了，他們中了圈套，再也無法保護淺草！」

「……什麼？」

淺草地下街的成員們，發生了什麼事？

這一刻我的注意力從眼前鼠輩分心，而有一個敵人沒有看漏這一瞬間。

「邪惡的化身呀。讓你……乖一點吧。」

雖然也是因為我的靈力遭到封印，但那如迅雷般的驚人速度讓我反應不過來。其中一個敵人抓住我的手臂，將我壓倒在地，用竹籠網狀的束縛術限制我的自由。近似於電流般的強烈衝擊，在體內四竄。

這傢伙是何方神聖？

只有這個傢伙有點特殊，完全感覺不出他的情緒。

明明是人類，那股靈力卻透著如妖怪般的冰冷意念。

他毫不留情地抓起我的頭，再次將一小瓶分量的那種酒倒進我嘴裡。

「要殺蛇就灌酒，這一點從八岐大蛇的時代開始就沒有改變呢。」

「這傢伙好像會很多技能，應該可以賣個好價錢～嘻哈哈。」

「少說廢話，把這傢伙帶回去……」

「我知道啦，雷。」

堂堂藥師因敵人催眠用的香氣陷入昏睡。

是我也經常使用的藥香呀。

這些傢伙應該知道吧。那個香氣擁有特殊力量，能讓人沉沉入睡，反省那些不願回想的過去。

〇

茨姬。

第一次見到她，是我剛到平安京不久的事。

那段時間我為了補充靈力，一直在物色看起來美味可口的人類。

我當時認為吃人是理所當然的事，甚至覺得人類就是生來給妖怪吃的糧食。

就因為我是如此野蠻的妖怪，才會在大陸遭到追殺，逃到這種島國來。

後來我像是一條受香氣引誘的蟲兒，發現了茨姬。

她住在一間施有結界的宅邸裡，幾乎足不出戶。

我對自己的力量過度自信，硬闖結界。哎呀呀，那時我連這個國家最強的安倍晴明都不曉得，就是一條不知天高地厚的蠢蛇。

結果靈力硬生生被削弱大半，變成蚯蚓尺寸的小水蛇。不過拜這所賜，吸引了茨姬的目光，她主動開口對我說話。

「哎呀，好漂亮。」

光聽她的聲音，我就發現這個公主體內寄宿著特別的靈力。

這女孩的血肉能替妖怪帶來強大的力量，她的骨頭或許能作為愚蠢人類追求不老不死的妙藥素材。

如此芬芳的靈力瞬間便緊緊抓住我的心，我陷溺於美夢之中。

啊啊，我一定要吃掉這個姑娘……

在某種意義上，我想那種情感近似於戀愛。渴望她、思慕她，她獨自垂淚的身影充滿魅力，還有一點點可憐。

雖然吃掉她就再也看不見那道身影了，但另一方面她也就不用再受寂寞折磨吧。

我的內心劇烈糾結，而我想這大概就是在妖怪世界自古以來的常識，戀上人類女子時的折磨吧。

當時的我還是一個忠於天性、道道地地的妖怪，只能從這種角度思考事情，從惡意出發。我甚至還認為被我吃掉是那個孩子的幸福。

可是我認定為獵物的那個人類姑娘，在那一天夜晚變成了鬼。

不再是人類，是鬼，跟我同樣是妖怪。

染滿鮮血的那道身影美到令我發顫，但對於不再是人類的那姑娘，我內心也感到相當失望。

而且我遭她失控的靈力所傷，暫時無法行動，落得躲在羅生門靜待力量回復的下場。

聚集在羅生門的那些小鬼都在流傳，茨姬被安倍晴明關在地牢裡。但那時我對她已經沒有什麼興趣了。

不管我是多麼厲害的高等妖怪，也無從破解晴明的結界。而且既然她已變成鬼，肯定馬上就會被殺吧。

不過等我終於傷癒，可以自由活動想說來找新獵物的時候，又聽到了關於茨姬的新傳聞。

茨姬還活著，在她身為鬼快要死去時，被其他妖怪擄走了。

那個妖怪的名字是，酒吞童子。

我當然曉得那是誰，那是讓平安京不得安寧的鬼。

的確有聽說他四處拯救弱小妖怪，這次也是因此才對茨姬拔刀相助吧。

我又開始產生一些興趣了，在打探茨姬近況時，卻獲知對我造成巨大衝擊的消息。

聽說酒吞童子為茨姬神魂顛倒，娶她為妻。

為了治癒陰陽師的詛咒在茨姬身上留下的傷，酒吞童子四處請託神明或妖怪，拿出許多東西來交換，拚命救回她的一條命。

怎麼……怎麼可以這樣。

這太卑劣了。

我內心燃起熊熊怒火，等回過神來已經找到酒吞童子在大江山的藏身之處，觀察兩人的情況。

酒吞童子與茨姬依偎著彼此，滿臉幸福地相視而笑。

我一直認為就是神情充滿不幸與絕望才美麗的那個茨姬，居然在笑！

即便她不再是人類、即便她已經是個鬼，那道身影卻更加炫目而華美。而她所有的愛意與信賴，全都傾注於酒吞童子一人。

親眼見到那個畫面，我的怒氣更是翻騰。

是我先找到她的。

明明之前還因為她變成鬼而失去興趣，現在卻有一種寶物被搶走般的心境。

不過，根本是我一開始就搞錯了。

如果我沒有搞錯自己該如何處理對於那個姑娘的情感和行動方式，如果我當時能換　種思維，那她也會那樣對我笑嗎？

那我就搶回來，確認看看吧。

這次我要從大江山的鬼——酒吞童子手中，搶走茨姬。

可是我沒算到的是，茨姬已經變成鬼，意思就是……

『你以為我還是那個愛哭鬼茨姬嗎？太遺憾了，我現在肯定是這世上第二強的鬼喔。』

茨姬不知何時變得極為強悍。

我的咒術也算得上出色，但在茨姬壓倒性的暴力之下毫無招架之力，我被打得落花流水。

不過茨姬並沒有給我致命的一擊。

『為什麼？為什麼不殺我？為什麼要原諒我？我都已經兩次想要取妳性命了。』

『我沒有原諒你喔。只是如果不是你，我可能也沒辦法變成酒大人的妻子……呵呵。』

所以我不殺你——茨姬這麼說。

她露出得意的笑容，低頭望著我，語氣肯定地這麼說：

『我還有點感謝你呢。』

那讓我備受屈辱，也代表了我輸得多麼徹底。

『好了，你想去哪兒都行，在我改變心意之前快走吧。』

『等、等一下！妳沒有其他話要說嗎？如果妳有什麼要求，我……』

這個身體、眼睛、骨頭、還有靈魂，都可以給妳。那就是戰敗妖怪的末路。

但茨姬只說：『你很固執耶。』

明明是妖怪，卻不殺我也不吃我，還放我一條生路，讓我嘗到屈辱與慘敗的滋味。我認為那果然是人類獨有的，雖令人憎恨卻也十分了不起的感情所致。我突然對這個公主產生了極大的興趣。

茨姬神情有些為難，手握拳抵在嘴巴旁『嗯……』地沉吟了一會兒。

『那你要不要當我的手下？』

『……咦？』

『就是這樣。不行嗎？』

對於茨姬的提議，一直在她身後旁觀整件事的酒吞童子和他的手下也都嚇了一大跳。

只有這傢伙最好不要吧，他們所有人臉上都露出焦急神色。但茨姬極為認真地繼續說：

『我也想要像酒大人那樣，有自己的手下呀。希望盡量是力量強大、頭腦聰明、威武不屈。而且水蛇很漂亮，我喜歡。你又是美男子，大江山的女性妖怪們應該會很高興。』

『……』

『還有，我看上你非常像妖怪的這一點。』

『妳說我非常像妖怪？』

『嗯嗯，我跟酒大人原本都是人類，阿熊跟阿虎身上也混了一半人類的血。我們這裡沒有強悍而純粹的妖怪。你很清楚妖怪的惡意，我覺得今後會需要借助你的力量。為了我老公——酒吞童子大人想要完成的大業。』

因為我清楚妖怪的惡意，所以需要我？

原來如此。眼前這位女子，完全看不出來是那個成天哭泣的柔弱公主，搞不好比我還要強悍。

如果是這樣，那我……

『那就把我收為妳的眷屬吧。一旦締結眷屬的契約，就是絕對效忠。我無法背叛妳。』

那是受茨姬這個存在所吸引、敗給她，然後好奇這位鬼公主今後會如何轉變的我，所能給出的最大代價與誠意的證明。

茨姬瞇起眼睛，開口確定我是否是真心的。

『如果變成眷屬，你就再也無法逃出我的手掌心囉，沒關係嗎？』

『嗯。』

『你叫什麼名字？』

『名字嗎？我用過很多名字自稱，已經忘記原本的名字了。』

『咦？這樣嗎？嗯……』

要締結眷屬的契約，就需要名字。

『那你就叫「水連」吧。通透清水連綿不絕的大蛇——水連。不過這樣不好叫，平常就喚你「阿水」喔。』

茨姬果斷地幫我取好名字，還定了親切的暱稱。然後……

『你一輩子都屬於我，我將第一個眷屬的位置賜予你。因為你把我逼到絕境，讓我變成鬼呢。』

她露出無邪笑容伸出手，說出了像鬼一般的殘酷話語。

不過這樣就好。

如果那就是妳的復仇，我求之不得。

我毫不遲疑地握住那隻手。

於是我被人稱茨姬大人的鬼公主，施下了成為一輩子俘虜的咒語。

妳的人生點綴著微小的幸福與慘烈的悲劇，要我直視妳逐漸凋零的最終模樣，誰辨得到呀。

對我來說，名為茨木童子的鬼的「第一個眷屬」，這個立場是我的驕傲，也是詛咒。

妳在「那個場所」燃盡生命，我親眼看著妳斷氣，失去了身為妳眷屬的這份驕傲。充滿愛戀的詛咒。

妳命令我們要為了自己堅強地活下去。

所以，我……

○

「……痛痛痛……」

全身發疼。我是上年紀的長輩，對我要體貼一點啦。

話說回來……這兒是哪裡？我是誰？

沒啦，我是水連。茨姬大人賜予的名字，我怎麼可能會忘記。

「哎呀呀～我居然像奴隸一樣兩手被綁起來？太過分了啦～這是侵害人權～雖然我是妖怪就是了，但外表跟人類根本沒差別呀～」

我忙著發牢騷，還夾雜著自嘲。

沒人像馨那樣吐嘈我，意外地有點寂寞耶……

這個地方昏暗又寒冷，四周環繞著水泥牆，像是一間超人型倉庫。我脖子被掛上施了詛咒的項圈，雙手還被銬上手銬。

看來那些狩人把抓來的妖怪全都關在這個房間裡。

仔細一瞧，附近還有幾隻妖怪。

人類外觀的妖怪大部分都跟我一樣，銬著手銬倒在地上。

至於體型巨大或是野獸外貌的妖怪，則都關在籠子裡。

究竟是從哪裡抓來的呀？

感覺不到活力，全都昏昏沉沉的。

沒有任何一隻妖怪在掙扎或失控地衝撞，是因為這個房間裡也飄盪著那股對妖怪有效的藥香的緣故吧。

清醒的只有我一個。那類藥方我已經調過幾千幾百遍，也經常拿自己的身體做實驗。一開始的確會迷迷茫茫，還會作夢，但現在已經沒問題。這就是所謂的抗藥性吧。

「？」

在巨大牢籠的另一頭淡淡地發著光。既像桃色，又像是淺紫色。

明明沒有風，但紫色花瓣輕盈優雅地從空中飄到我這兒來。

這個感覺是什麼？

有一股讓人感到十分懷念的花香……

我站起身謹慎地移動。

在大籠子的另一端有一個寬敞的空間，籠罩在淡紫色光芒之下。

正中央有一個像小山丘般隆起的土堆，只有那邊的設計比較特殊。土堆上有一小棵藤樹從好幾根柱子支撐的藤架上垂下枝條，雖然季節不對但仍淡淡地發著光、嬌美地綻放花朵，花瓣片片散落。

樹根旁有人在。

一個身穿洋娃娃般柔美洋裝的美少女精靈。

「哇～阿水，好久不見～」

「……」

那個少女注意到我。那張活潑開朗的笑臉……

「是俺啦！俺。咱們可是在狹間之國敬過酒的交情吧？難道你忘了？」

「……那個……」

「咦？太可惡了啦！一定都是他們強迫俺穿這套奇怪衣服害的，肯定是啦～」

「不、不是啦，那個沒問題。不，這樣說好像也不太對，總之我記得啦。你為什麼興奮得像久未碰面的同學一樣呀……木羅羅？」

他雖然老是自稱「俺」，但外表跟聲音都是女生。

紫藤色的頭髮也綁成與輕飄飄的洋裝十分相配的、像是螺旋般的捲髮雙馬尾。

雖然他好像沒有性別，但我還是想把「她」當作是女孩子……

沒錯，她的名字是——木羅羅。

茨姬大人的第二位眷屬，同時是守護大江山狹間之國結界的藤樹精靈。

「木羅羅，妳該不會也是被那些狩人抓來的吧？」

「狩人？對呀，那些人類。不過你看，俺不是木之精靈嗎？他們把俺連根挖起整個搬到這裡來了，要是枯萎了他們要怎麼賠俺呀。」

「……那倒確實是呢。」

居然會在這裡遇見她，簡直是命中注定，也可以說是塞翁失馬焉知非福。

但她到底是棵樹。待在這個沒有陽光也無法補充足夠靈力的地方，肯定會漸漸枯萎。

我該怎麼做才好呢？

必須想辦法把她救出去。雖然體積不大，但要連同整棵藤樹運出去，這任務是個大難題耶。

「欸，木羅羅……妳想見茨姬大人嗎？」

我打算先確定木羅羅的想法。

她聽到這個名字會有何反應？

「……茨姬。」

木羅羅剛剛興高采烈的神情瞬間轉為凝重，眼睛眨也不眨，稍稍垂下視線……一會兒，像是對那個名字感到非常懷念似地淌下一行淚水。

啊啊，無論如何。

對我們來說，茨姬是無法取代的存在。

絕對的主子。

光是確認了這一點，我便下定決心。

「欸，木羅羅。千年前在妳長年開花的藤樹下，酒吞童子與茨木童子，還有我們幾個眷屬，常常聚在一起舉辦賞花宴會。現在也是，宴會已經開始了喔。昔日夥伴漸漸聚集到一塊兒了。所以……我一定會讓你們碰面、讓你們重新牽上線。拚了我這條老命。」

不曉得面對狩人，我一個人可以拚到什麼程度。

但木羅羅是我們一直以為已經失去的，狹間之國的夥伴。

若說現在有什麼是我能為真紀做的，那就是將木羅羅平安無事地帶回淺草吧。

如果那塊土地是我們這輩子的理想國度，那麼我、還有木羅羅，就應該要回到那裡。

後記

大家好，我是友麻碧。

臨時起意，我坐在新幹線上一路搖晃至函館，在這般深夜中寫著後記。這裡就連隨意踏進的迴轉壽司店都美味至極，我好像快要迷上函館了……

拉回正題，淺草鬼妻日記系列第五集你們還喜歡嗎？

《妖怪夫婦與眷屬的小日子》。

正如書名，故事主要圍繞著酒吞童子與茨木童子的眷屬，描寫他們至今沒能展露的內心想法，走日常輕鬆喜劇路線的一集。

啊，無意中讓晴明的四神也出場了。玄武大哥外表凶惡又有中二病，但他並不是壞人，請大家多給他一些關愛。雖然由理看起來很辛苦，但這次開始透過他來傳達晴明那一方的故事，這也將是今後的重頭戲。

上集的後記裡，我寫說「下集會描述愉快的日常」，讓大家有「什麼呀，這麼平淡」的感覺吧？不過下次是眷屬們齊聚一堂、場面盛大的一集，請各位好好期待淺草水戶黃門活躍的身影！

那麼關於《淺草鬼妻日記》的漫畫版，有消息要跟大家報告。

於《B's-LOG》雜誌連載的漫畫，單行本第一集會在同月發售(註4)，等新書上架後應該是擺在書店裡的漫畫區，請大家務必拿起來翻翻看。藤丸豆之介老師節奏明快又巧妙的故事架構與美麗的角色們，從連載一開始就大獲好評，是讓人自豪的漫畫化作品。馨是超級大帥哥。還有這個只能小小聲講，漫畫版比原作更易懂好讀喔……(欸)。

漫畫有收錄《淺草鬼妻日記》小說版沒有的馨與大老闆(《妖怪旅館營業中》)討論超商美食的對話，還有新的番外篇，內容非常豐富。對於同時有在追《妖怪旅館營業中》的讀者來說，相信會是值得珍藏的一集。從各方面來說都非常推薦。

然後呢然後呢，《淺草鬼妻日記》還有另一個漫畫版，在《月刊 Comp-Ace》開始連載了。標題是「淺草鬼妻日記　天酒馨希望與前世妻子過安穩小日子」，跟小說版與《B's-LOG》版漫畫的標題都不同，值得特別關注。這是以馨作為主角，以少年漫畫的風格展開故事。

負責的漫畫家是鳴原千老師。希望各位讀者能享受從馨的視角所看見的，有如天使般可愛的真紀，還有馨對妻子的愛，與他越來越值得同情的處境！

鳴原老師以纖細筆觸描繪一幕幕真紀與馨的樸素日常，加上些許老師獨特的憂傷氛圍，讓人深受吸引。還有戀愛喜劇的成分也增加了，《月刊 Comp-Ace》版也請各位不吝指教。

註4：後記提及的均為日本出版資訊。

同時在兩本雜誌上連載漫畫，就發現明明是同樣的角色和故事情節，卻隨著漫畫家的特色與描繪手法不同，感覺原來可以差這麼多。這次還能體會到這個樂趣，真是非常難得的系列。

希望各位讀者也能享受藉由漫畫這個媒介閱讀《淺草鬼妻日記》的樂趣。

最後，平常總是很照顧我的責任編輯。

這次《妖怪旅館營業中》的動畫製作跟寫稿工作日程重疊，因為我力有未逮，給您添了許多麻煩。真的非常感謝您幫我調整各種時間表。

還有插畫家あやとき老師，因為要改編成漫畫版，除了封面您也繪製了其他各個角色的設計圖，實在非常感謝您。我真的好想趕快讓各位讀者看到，像凜音就非常帥氣喔……

還有各位讀者，謝謝你們這次也拿起這本書。

我在撰寫系列小說時，都先以三集為目標、再把五集當作目標，邊留意著必須達成的集數還有好像可以達成的集數，邊思考整個故事的布局。結果一轉眼就超過了五集，而且看起來還有得寫，讓我非常開心。今後也希望繼續寫出別有風味，有時愉快豪爽、有時憂傷失落的妖怪故事。

下一集由於要兼顧其他系列與漫畫版的製作，預計在明年春季完成，間隔較長麻煩大家耐心等候。

那麼希望能在第六集再次見到各位。

友麻碧

國家圖書館出版品預行編目資料

淺草鬼妻日記．五，妖怪夫婦與眷屬的小日子 /
友麻碧作；莫秦譯．-- 初版．-- 臺北市：臺灣角
川，2019.06
面；　公分．--（角川輕．文學）
譯自：浅草鬼嫁日記．五，あやかし夫婦は眷属
たちに愛を歌う。
ISBN 978-957-743-061-8(平裝)

861.57　　　　　　　　　　　108006245

輕文學 Light Literature

浅草鬼妻日記 五 妖怪夫婦與眷屬的小日子
原著名＊浅草鬼嫁日記 五 あやかし夫婦は眷属たちに愛を歌う。

作　　者＊友麻碧
插　　畫＊あやとき
譯　　者＊莫秦

2019年6月6日　初版第1刷發行

發 行 人＊岩崎剛人
總 經 理＊楊淑媄
資深總監＊許嘉鴻
總 編 輯＊呂慧君
編　　輯＊溫佩蓉、薛怡冠
美術設計＊李曼庭
印　　務＊李明修（主任）、張加恩（主任）、黎宇凡、張凱棋

台灣角川

發 行 所＊台灣角川股份有限公司
地　　址＊105台北市光復北路11巷44號5樓
電　　話＊（02）2747-2433
傳　　真＊（02）2747-2558
網　　址＊http://www.kadokawa.com.tw
劃撥帳戶＊台灣角川股份有限公司
劃撥帳號＊19487412
法律顧問＊有澤法律事務所
製　　版＊尚騰印刷事業有限公司
I S B N＊978-957-743-061-8